dear+ novel
Tsukamori senmu no renai jijou · · · · · · · · · · · ·

塚森専務の恋愛事情

栗城 偲

新書館ディアプラス文庫

塚森専務の恋愛事情

contents

塚森専務の恋愛事情……005

大人同士の恋愛事情……181

あとがき……233

illustration：みずかねりょう

塚森専務の恋愛事情
Tsukamori senmu no renai jijou

触れた舌の先から、煙草《たばこ》の味がした。塚森賢吾《つかもりけんご》は無意識に眉《まゆ》を顰《ひそ》める。

狭《せま》い車内で微《かす》かに逃げた体を封じ込められ、顔の角度を変えながら口を開かされた。

塚森自身は煙草を吸わないし、今までの交際相手にも喫煙者《きつえんしゃ》はいない。煙草の苦さのするキスも、顎《あご》に擦《こす》れる相手の髭《ひげ》の感触も、塚森にとっては初めて味わうものだ。

完全にリードを取られることにも慣れておらず、自分よりも大きく硬い男に抱きしめられて不快感を覚えてもいいようなものなのに、塚森の胸に渦巻《うずま》くのは狼狽《ろうばい》ばかりだった。そんな己《おのれ》に、戸惑《とまど》いを覚える。

腰に回っていた手が、塚森のスーツのジャケットを捲《めく》った。シャツに触れられた感触で、塚森は我に返る。

「……待って、くれ」

キスの余韻《よいん》でほんの少し舌が縺《もつ》れたのを自覚し、頬が熱くなる。思わず、口元を押さえた。掌《てのひら》が触れた唇はまだ相手の唇の感触を生々《なまなま》しく記憶していて、再び塚森の動揺を誘う。

――キスなんて初めてというわけでも、ないのに。

キスをするのも、相手が男性であることも、なにも今日、この相手が初めてというわけではない。それなのにまるでファーストキスのときのように、むしろそのとき以上に、ぎこちなく体が動く。

いつもならさらりと躱《かわ》せるはずのことが、なぜ今日に限って上手《うま》くいかないのだろうか。

距離を取りたくて身を捩《よじ》るも、男の腕はそれを許さない。塚森を強引に抱き寄せ、もう片方の手で塚森の顎を摑んで上向かせた。

年上の部下——荏原達久《えばらたつひさ》と真《ま》っ直《す》ぐに視線がかち合う。先に目を逸《そ》らしたのは塚森の方だった。

まごつく塚森の様子を見ながら、荏原は片頰で笑う。

「逃げるなよ」

どこか楽しげな低い声に、塚森は渋面《じゅうめん》を作った。優位に立ったつもりかと、少しむっとしながら塚森は荏原の胸を押し返す。

文句を言うよりも、一刻も早くこの腕から逃《のが》れたかった。

「……揶揄《からか》わないでくれ」

「揶揄うためだけに、上司にキスなんてできるかよ」

荏原は塚森の手首を摑み、再度顔を近づけてにやりと笑った。なんのつもりだと言ってやりたいが、言葉が喉に詰まって出てこない。荏原の切れ長の瞳が細められる。

「表情が」

「え……」

「あんたの表情が変わると、なんか、たまらない気分になる」

どういう意味だ、と質《ただ》すより早く、荏原が再度塚森の唇を奪う。

やめろと突き放したいのに、塚森はただ目を瞑《つぶ》って荏原のキスを受け入れていた。

デスクの抽斗《ひきだし》に、見覚えのない封筒を見つけて塚森《つかもり》は一度瞬《まばた》きをした。常《つね》に微笑を貼り付けたような塚森の柔和《にゅうわ》な表情が陰《かげ》る。どうすべきか一瞬迷い、触れないまま抽斗を閉めた。

まるでタイミングを見計らったかのように専務室のドアがノックされ、塚森は「はい」と応じる。

ドアが開き、顔を見せたのは営業二課の課長である野村《のむら》だった。四十代半《なか》ばのまだ若々しさの残る顔貌《がんぼう》に元営業マンらしい爽《さわ》やかな笑みを湛《たた》えている。だが、あまりよくない顔色は彼の激務を表面化させていた。

「――専務。お車の準備ができました」

二十七歳になったばかりの塚森に、彼は丁寧に告げる。促《うなが》され、塚森は微笑《ほほえ》んで立ち上がった。

「ありがとうございます。行きましょうか」

書類を詰め込んだビジネスバッグを手にとって、野村の横に並ぶ。社内の廊下を歩くと、行き交う社員がちらちらとこちらをうかがっていた。

胡散臭《うさんくさ》いものを見るような、不信感を滲ませた、敵愾心《てきがいしん》を多分に含んだ、そんな無数の視線が刺さるように飛んでくる。間に挟《はさ》まれた野村は、身の置き所がない様子だ。塚森の手前叱責《しっせき》することもできないようだが、黙殺するにはあからさまだった。

この会社に着任してから毎日のことだが、おはようございます、お疲れ様です、とかけられる声音はいつも硬く塞《ふさ》いでいる。彼らの言葉の裏には、塚森に対する排斥《はいせき》の意思を感じた。けれど、塚森にとって彼らの示す態度は予想の範囲内のことであったので、気にしてはいない。塚森が目を向ければ、彼らの視線は霧散《むさん》するように逸《そ》れていってしまう。

——目を逸らさないのは、彼だけだな。

ふ、と小さく笑うと、傍《かたわ》らの野村が首を傾《かし》げた。

「どうなさったんです？」

「いえ。彼は今日も相変わらずかなぁと思って」

楽しげに零《こぼ》した塚森とは裏腹に、野村は頰を引きつらせる。そして、しどろもどろになりながら額を手の甲で擦った。

「も、申し訳ありません、再三……きつく言い聞かせているのですが」

「ああ、こちらこそ申し訳ない。嫌味のつもりはなかったんです」

うっかり口を滑《すべ》らせてしまって、野村を恐縮させてしまった。立場のある人間になったのだから発言には気をつけねばならないなと自戒《じかい》しつつも、やはり思い返すと笑いがこみ上げてしまう。

事務棟を出ると、出入り口の前に社用車のミニバンが停車していた。その側面には、「三柏《みつがしわ》紡績《ぼうせき》」とラッピングが施《ほどこ》してある。

塚森が専務取締役として三ヵ月前に赴任《ふにん》した三柏紡績株式会社は、千葉県にある。繊維《せんい》・グラスファイバーなどの製造や、樹脂《じゅし》事業などを行っている繊維メーカーで、東京に本社を置く鷹羽《たかば》紡績株式会社の完全子会社だ。工場は敷地が広大なため、敷地内の移動に乗用車やバス、スクーターや自転車が使われることもある。

以前は上の役職の移動には、敷地内であっても必ず専属ドライバーが用意されていた。だが塚森が専務としてやってきてから、免許を持たない場合、もしくは高齢の場合を除いては自分たちで運転するように、と取り決めたのだ。

野村が運転席に回ったので、塚森は助手席に乗り込み、敷地内の工場へと向かう。

車の窓から見える巨大な建造物を眺めながら、塚森は再び「彼」のことを思い浮かべた。

「専務」

野村が躊躇《ためら》いがちに口を開く。はい、と顔を向ければ、野村は真っ直ぐに前を見たままハンドルを握っていた。

「……皆、まだ少し戸惑って、誤解しているだけなんです」

「はい」

専務取締役という肩書きを与えられた塚森は、営業の統括《とうかつ》というポジションにいる。営業二課長である彼とは、直属の上司と部下という関係だ。

野村がこうしてフォローをしてくれるのは、ただ直属の部下だから、というよりは塚森が打ち立てたプロジェクトに賛同し、理解してくれたからだ。社員全員が彼のようには思ってくれないことも、塚森はわかっている。

そうかもしれませんね、と塚森は微笑んだ。

「でも誤解というより、『七光野郎が来た!』って不信感丸出しですね」

「――」

冗談めかして、別に腹を立てているわけではないとフォローしたつもりが、絶句させてしまった。野村は額に汗を浮かべ、ますます恐縮した様子を見せる。

「いや、その……ええと……」

「……冗談ですよ?」

「……ははは……」

野村の顔が完全に引きつっているのを見て、内省する。

――どうも、冗談が下手《へた》くそらしいな俺は。

にこやかに接しているつもりだし、威圧感《いあっかん》もないと自分では思っているのだが、時折こうして不用意に相手に緊張を強《し》いてしまうようだ。

とはいえ社員たちが不信感を抱《いだ》いていることは事実であり、現状、一部を除いては着任当初よりも格段に心を閉ざしているのもわかる。

――当然といえば当然だな。

塚森は、三柏紡績の親会社である鷹羽紡績の直系親族である。

その御曹司《おんぞうし》を――たかだか五年しか社会経験のない者を重役に据《す》えるのだ。しかも、五年間は社外で、平の営業社員だった人間だ。歓迎されるはずがないのは自明の理である。

それでもお飾りであればまだ今ほどの反発心は抱かれなかったかもしれないが、着任当初より「再建計画」と銘打って大規模な人員整理・経営改革の計画を打ち立てた途端、各所から不満が噴出《ふんしゅつ》した。派遣社員や契約社員だけでなく、長らく休職している社員、更には管理職に至るまでが整理の対象となったことも大きいだろう。

三柏紡績は、鷹羽の子会社になる以前から十数年に及ぶ緩《ゆる》やかな累積赤字によって大きな負《ふ》債《さい》を抱《かか》えていた。企業として巨額というほどではないにせよ、徐々に経営が傾き始めこのままではいずれ破綻《はたん》する、と誰もが予想できうる状況ではあったのだ。

子会社化、および親会社の血族による運営管理。打ち立てた改革案も大胆《だいたん》で性急であったし、なによりまだ社会人経験も殆どない若造が主導するというのは、一部で大きな反感を買った。この会社のことも、社会のことも、よく知らないくせにと反発されたのだ。

一方で、同数とまではいかないまでも、支持者も現れている。塚森の再建計画に正しく理解を示してくれた者だけではなく、所謂《いわゆる》「成績がいいのにゴマすりが上手くない者」や「派閥《はばつ》争いに負けてしまった者」などだ。

塚森が通達した「経営計画」の中には、評価制度の見直しとそれに伴《ともな》う人事、暗黙の了解として存在していた派閥・学閥制度の撤廃《てっぱい》が明文化されていた。それについても「いちいちくだらない」という反発の声があったが、一蹴《いっしゅう》した。

希望退職者を募《つの》り、その後勤務態度や貢献度《こうけんど》などを鑑《かんが》みての整理解雇を行い、解雇予告は六十日ほど前の通達とした。ある程度の整理が進んだ現在は、整理された人数での運営にようやく各部署が慣れ始めてきたところだと言えるだろう。

間もなく到着した工場に顔を出すと、気づいた作業員たちが視線を逸らす。製造部――とくに工場は人員整理で一番割りを食った部署だからだ。会社に残ることができたからといって、単純に作業量が増えたことも含めて割り切れぬ者がいるのは仕方がない。

気にせずにお疲れ様、と笑顔で声をかけつつ、工場の壁沿いに歩みを進める。真新しい大きな機械の前に、工場長と作業着姿の若い男性、そして濃紺のスーツ姿の長身の男が書類を突き合わせて立ち話をしていた。

「おまたせしましたー！」

塚森が工場の機械音に負けぬよう大きな声で呼びかけると、三人がこちらを振り返った。小《こ》柄《がら》で恰幅《かっぷく》のいい工場長はにっこり笑って片手を挙げる。作業着の男も笑顔で会釈《えしゃく》を返してくれた。だが残る一人の男――営業部トップ社員である荏原は対象的に、微かに眉を顰めてみせる。

彼が件《くだん》の、塚森に対して真っ直ぐに不満の表情を見せる唯一の人物だ。

――そんな顔をしなくても。

塚森よりも五歳年上で今年三十二歳になる荏原は、彫りの深い顔立ちが非常に印象的で、日本人離れした長身と相俟《あいま》って一度見たらなかなか忘れられない容貌の持ち主だ。非常に営業職向きであるといえるだろう。滑舌《かつぜつ》の良さとフットワークの軽さ、そして塚森には見せない愛想のよさで数年間ずっとトップにいる。以前は社長賞も取ったことがあるそうだ。

たまには塚森相手にも営業スマイルくらい向けてくれてもいいのに、と内心苦笑しつつ、会釈する。

工場内は作業音などで声が通らないため、一旦《いったん》廊下へと出た。

「――どうです?」

この現場では先日、三台ある機械のうちの一台を新しいものに買い替えた。

新しい機械は、塚森が赴任《ふにん》する以前の上役や、まだ在籍《ざいせき》している取締役が推薦《すいせん》したものだ。工場長らは敢《あ》えて言わないが、恐らく当時から導入に対する反対意見は多かったのだろう。総入れ替えではなく、一台きりの導入というところにその抵抗の痕跡《こんせき》が見える。

塚森の問いかけに、工場長は一瞬言葉を探すような様子を見せた。

「そうですね……」

「――うまくないですね」

工場長の言葉を遮《さえぎ》るように、肌を震わすような低い声が割って入る。低音だが通りがよく、ざらつきのない荏原の声は、張り上げているわけでも怒鳴っているわけでもないのに妙に迫力があった。

「『うまくない』？」

鸚鵡返《おうむがえ》しに口にした塚森を、荏原が見下ろす。塚森は身長一七五センチほどあり小柄というほどではないのだが、一九〇センチ近い長身の荏原が相手だと視線が見上げる形になるのだ。

「作業効率が悪いです」

「それは慣れの問題というわけではないのか？」

野村がそう返すと、荏原は塚森を一瞥《いちべつ》し、思案するように顎を擦る。慣れの問題ではないから敢えて荏原が口にしたのだろう。

「慣れの問題を抜きにしても、効率が悪いですよこの機械。操作性も悪いし、メーカーからどういう説明を受けたか存じませんが、公称値とちょっと差がありすぎです」

ずけずけと捲《まく》し立《た》てる荏原の隣に立つ若い技術職・小宮《こみや》が「どうぞ」と資料を手渡してくる。小宮は塚森と同い年の二十七歳で、芸能人のような可愛《かわい》らしい顔立ちの小柄な青年だ。工業大学の出身だからというわけではなく、勤勉さと器用さが随一《ずいいち》で若手の技術職の中では相当な有望株だと聞いている。

「……なるほど」

数値を確認し、塚森は頷いた。確かに、彼の言う通りだ。

生産量を示す数字は一見、以前と変わらぬように見える。だがそれは工場勤務の社員が作業時間を長くとってどうにか帳尻《ちょうじり》を合わせてくれているというだけの話で、更に操作性の悪さも加わるのならば効率は非常に悪い。「慣れない機械でここまでできるのであれば、慣れればもっと早くできるということでは？」と結論を出したくなるが、そういうことではない。無理の上に成り立っている物事は、いずれどこかで破綻する。

提示された資料には、「何故この機械が駄目なのか」ということがデータなどで立証されていた。

そんな二人の傍らに立つ工場長と野村は、居心地が悪そうに塚森たちを見比べていた。別に諍《いさか》いをしているわけでもないのになあ、と塚森は苦笑する。

「――わかりました。じゃあ、やっぱり機械の総入れ替えはやめておきましょう」

ある程度の説明を聞き、すぱっと結論を出した塚森に、工場長と野村が目を丸くする。荏原も微かに瞠目《どうもく》し、項《うなじ》を気怠《けだる》げに掻《か》きながら僅《わず》かに息を吐いた。

「そうしてください。……でも、いいんですか？」

先程までの断ずるような勢いとは裏腹に、荏原が確認してくる。

導入したのは、上位の人間の口利《くちき》きでつながっているメーカーのものだ。現状一台のみとはいえ、契約した段階でその後の複数台の購入を勘定《かんじょう》に入れての支払い額だったと思われる。それを反故《ほご》にするのはまずいのでは、という進言だ。

「いいも悪いもないでしょう。効率を落としてまで、無理に新しく替える必要はない。ただでさえ安い買い物ではないんだ」

裏で何かしらの約束があって、暗黙の了解で見積もりが出ていたとしても、それはしょうがない。

本来、ここまで大きな買い物をする場合は、製造や設備、営業や経理など様々な部署の上長の承認が必要となる。中でも一番無視してならないのは、現場の意見のはずなのだ。その彼らが必要ないと判断したものを、買い足すわけにはいかない。

「それに、競争相手がいないと開発って膠着《こうちゃく》してしまうからね。企業努力もしてほしいし」

なにも完全に突っぱねるつもりは塚森にもない。交渉《こうしょう》の余地は残しつつ、現状では追加購入の予定はない、と伝えるだけだ。

おお、と意外そうな反応を三人が見せた一方で、荏原は微かに眉を顰めてみせた。

「専務はいつも見切りが早くて素晴らしいですね」

言い添えた言葉は褒《ほ》めているようでいて棘《とげ》がある。彼が人員整理をあてこすっているのは明白だったが、気にしない素振《そぶ》りで微笑んだ。

「ありがとう。では、新しい機械の件については、私の方から直接先方にお断りを入れておきます」

塚森の申し出に、今度は四人ともが驚いた顔をする。

「なにか？」

怪訝《けげん》に思って聞けば、工場長が頭を振った。

「いえ。ありがたいです。助かります」

「こういうのは、私が行ったほうがスムーズでしょう？　あ、でも野村さんにはお付き合い願えるとありがたいです」

「もちろんです。お供《とも》します」

ありがとうございます、と返したところで、荏原と目が合った。彼は再び眉を寄せたが、なにも言わない。

「ただ、既存の機械が古くなってきたから導入したわけでしょう。設備課のメンテナンスで動くうちはいいけれど、いずれはなにかを買わないと」

現在使用している機械は三台ともメーカーが違っており、中でも長年使われてきた二台を製造していたメーカーは、十年ほど前に廃業《はいぎょう》している。

その際に手を打っておくべきだったといえばそうなのだが、当時在籍していた重役は「まだまだ使える。使えなくなる頃にはどこかのメーカーが新しくいい機械を作っているだろう」と

取り合ってくれなかったそうだ。今になってそれ見たことかと言ったところで、当時の重役連中は既にいない。

荏原が右目を眇める。

「……それについては、代替案があります」

「そうなんですか？」

既にそんなものがあるとは仕事が早い、と塚森は感心した。荏原はちらりと小宮を見て、そして工場長に顔を向ける。

「工場長、この件について後ほど席を設《もう》けたいので、その際はまた小宮をお借りしてもいいですか」

荏原に話を振られて、工場長が慌てて頷く。

「ああ、もちろん」

「ありがとうございます。では、本日はこれで失礼します」

荏原は会釈をして、工場脇に止めてあった社用車に乗って外回りへ戻ってしまった。それを見送っていると、野村が「申し訳ありません」と唐突に謝る。

「なにがですか」

察するに彼の言動についてだろうが、改めて訊《たず》ねられては言いづらい様子だ。とぼけて返した塚森に、野村が冷や汗を滲《にじ》ませる。工場長も困った様子でこちらを見ていた。

「気にしないでください。というか、言いたいことがあるときは、彼に限らず忌憚《きたん》なく発言してもらわないと困りますから」

塚森の科白《セリフ》に、野村と工場長は愛想笑いを浮かべながら所在なげだ。塚森はうーむ、と首を捻《ひね》る。

「……私ってそんなに話しにくい相手ですかね？」

半《なか》ば冗談のつもりで口にしたが、流れた空気で察してしまう。答えにくい質問をした上司に、その場に居合わせた三人は社会人らしくすぐに「そんなことはありませんよ」と気を遣《つか》ってくれた。


機械メーカーとの交渉を終えて野村とともに外回りをした後に、再度帰社して専務室にこもる。

重役は案外暇《ひま》かと思われているようだが――実際、以前までいた重役はそうだったのであろうが――塚森の予定は目白押しだ。特に、来週からは社内改革のための大きなプロジェクトが立ち上がる。

このために人員の整理から、社内監査に口を挟んできた。強引な改革をしている自覚はあって、社員に対してはノー残業などを掲《かか》げてはいるものの、塚森には今のところ休みがない。

――落ち着くまでの辛抱《しんぼう》だけど……いつ落ち着くかな。

目を通す書類の量は尋常《じんじょう》ではなく、印刷をして積み上げたら、漫画表現の如《ごと》く書類のタワーができるのではないかと思うほどだ。

パソコンのモニタの画面をスクロールしつつ文字列を目で追っていると、不意にドアをノックする音がした。

とっくに就業時間は過ぎており、セキュリティシステムの都合上、廊下に設置した赤外線センサーが感知してしまうので警備員も含めて社内に残ることはできないはずなのだが。

「よ。お疲れ」

返事をする前に、ドアが開く。

顔を出したのは、スーツ姿の長身の男だった。その両手には、白の綿手袋がはめられている。上背《うわぜい》がある彫りの深い整った顔立ちの男――稲葉教明《いなばのりあき》は、首に提げたIDカードを翳《かざ》して笑った。塚森は片手を挙げて応じる。

「お疲れ、稲葉」

稲葉は専務室に入ってくると、塚森のパソコンにUSBメモリを差し込んだ。長身を窮屈《きゅうくつ》そうに屈《かが》めて片手でキーボードを打つ稲葉の横顔を塚森は眺める。塚森も背は高めのほうなのだが、稲葉といい荏原といい、どうしてこう規格外に大きいのだろうと感心する。

「なんだ?」

こちらの視線に気づいていたらしい稲葉が、モニタから目を離さずに問う。

「いや……ところで、どうしてこの時間に普通に社内を歩けるんだ？」

「センサーを切ったからに決まってるだろ？」

稲葉の「お前はなにを言っているんだ」と言わんばかりの返答に、塚森は頭を掻いた。言うほど簡単にできることではないし、できれば敵にも味方にもしてほしくはない。

残業をしている塚森自身も廊下に出るとセキュリティシステムが作動してしまうので、平素、帰りは専務室の掃き出し窓から出る。出入りの際は、窓に付いている防犯システムを手動で一度切断するのだ。専務室の真裏は駐車場で防犯カメラなどは設置されているが、そちらは人を感知して警告音が鳴ったりはしない。

「然《さ》しもの俺も、生身で赤外線を避けるのは無理。大丈夫だよ、もうちゃんとセンサー再作動してっから」

「そもそもそのセンサーを作動させている管理室は、鍵《かぎ》が閉まっているはずだが」

「鍵は開けてないぞ。中には入ってないからな」

何故《なぜ》そんな自由自在にセキュリティシステムをオンオフできるのか、という疑問は苦心して飲み込む。

——まあ……今のところは味方だから、いいか……。うん。

本当はまあまあ大きな問題ではあるのだが、今はそれには蓋《ふた》をすることにした。

「複製しておいたから目を通せよ」

「ああ、ありがとう」

稲葉は十代の頃からの付き合いになる友人で、所謂「何でも屋」だ。探偵業のような仕事も請《う》け負《お》っている。個人ではなく会社組織を立ち上げており、今は塚森の依頼で三柏紡績の内部調査を行うために数名が入り込んでいた。

塚森一人ですべての仕事や改革が上手くいけばいいけれど、流石《さすが》にそうもいかないのでこういった飛び道具を使わせてもらっている。

機械関係に滅法《めっぽう》強い稲葉は、データ解析を中心に不正などの洗い出しに尽力してくれていた。

――それから、もうひとつ。

「で、そっちはどうだ」

塚森は無言で、デスクの抽斗を開ける。

そこに複数枚入れられていた紙を手にし、デスクの上に置いた。紙面の文章は長いものから短いものまで様々だが、大まかな内容は一緒だ。

稲葉はそれをつまみ上げて、ふむ、と頷く。

「血も涙もない外道《げどう》めこの恨《うら》みを思い知れ、会社から出て行け、さもなくば死ね！　って感じだな。端的《たんてき》に言うと」

「死ねとまでは書いてないぞ」

そうは言うものの、確かにそのくらいの怨念《おんねん》は感じられる。

しかし残念ながら彼らの言葉は塚森の胸には刺さらないし、感想としては、こちらに有利な物証をありがとう、といったところだ。

怪文書や脅迫文《きょうはくぶん》は、人員整理が始まってから封書で届くようになった。恐らくは組織内部に犯人がおり、なるべく警察沙汰《ざた》にしたくはないので様子を見ているのだが、それなりに頻繁《ひんぱん》に届くので稲葉に預けている。単独犯か複数犯かも、わからない。

いつもは封書でポストに届いていたのだが、専務室のデスクの抽斗に入れられはじめたのは今週からだ。

「やっぱり専務室にも防犯カメラつけるべきだったな。おい、一応、一人では帰るなよ」

「わかってるよ。車で帰っているから大丈夫」

ち、と稲葉が舌打ちをする。そして、不意打ちで塚森の後頭部を軽く叩いた。

「いっ……！」

咄嗟《とっさ》のことでガードできず、後頭部に走った痛みに塚森は呻《うめ》く。数日前に、背後から缶《かん》コーヒーをぶつけられたところに丁度《ちょうど》当たったのだ。

その日、たまたま隣を歩いていた稲葉が走って追いかけてくれたが、結局犯人を見失ってしまった。

この周辺は治安が悪い場所ではない。通り魔的な犯行という可能性もゼロではないが、恐らく塚森の改革に恨みを持つものであろうことは推測できた。

「まだ痛いのに、なんで叩くんだ」

「独《ひと》り歩きが危険だっていうことを思い出させてやろうかと思ってな」

「それなら口で言ってくれればいいだろう……」

反論する声が、自然と小さくなる。こういった被害に遭《あ》うのは数度目だからだ。

口で言ってもわからないなら体でわからせるしかない、だなんて動物じゃあるまいしと思いつつも言い返せない。

「缶コーヒーの奴と怪文書の奴の関連性もわからないんだから、勝手に楽観視するなよ。とにかく、暗くなったら鍵のかかる部屋以外では一人になるな」

「わかってるよ」

「……本当に心当たりはないのか?」

「ありすぎてわからない」

その中でも特定の誰か、という意味ならばまったく思い当たらない。

「お前は、本当に他人に興味がないからな」

「失敬な」

単に恨まれる相手に心当たりが多すぎるだけでそれが特定できないからと何故そんなことを言われなければならないのか。けれど稲葉は呆《あき》れたように溜息を吐いただけだった。

荏原《えばら》と再び顔を合わせたのは、翌週末の午後七時を過ぎてからのことだ。新しい機械の件で話をすると言っていたのに、その機会が延びに延びてしまった。

本来ならば、就業時間中に話ができればよかったのだが、塚森《つかもり》も荏原も都合がつかなかったのだ。新しいプロジェクトが始動し、互いに――塚森と荏原以外の社員も含め、以前よりも格段に忙しくなったためである。

新しく打ち立てた再建計画は、各部署のエースを数人ずつ集め、中堅幹部とともに経営課題を解決するための組織を作る、会社の問題点を洗い出して改革プランを打ち立てて取り組んでいく、というものだ。

「エース」というものを出しようがない部署に関しては、内部調査を行った稲葉の情報をもとに選定した。能力だけではなく、部内での求心力などが鑑みられている。

営業二課から選ばれたうちの一人が、荏原だ。

取り組むのは成長戦略、事業ポートフォリオ転換、収益体質の強化、財務体質の見直し、それらの検討《けんとう》と解決策の提案だ。そして、経営計画をまとめて実行、一年以内に結果を出す、と発表した。

――ちょっと早く着きすぎたかな。

日中の予定をすり合わせるとどうしても今月中に時間が取れそうになかったので、荏原のほうから「夜にお時間いただければ」と打診があった。

セキュリティシステムの都合上、午後七時以降は事務棟の使用がかなわない。

工場は夜勤組もいるので稼働《かどう》しているが、そこでの打ち合わせはさすがに難しい。終業時間以降に会議をするとなれば、外に出るしかなくなる。

会社の最寄り駅の改札前で時計を確認しつつ、塚森は駅前で配っていた団扇《うちわ》で顔を扇《あお》いだ。まだ七月に入ったばかりだというのに、蒸し暑い。

ジャケットは脱いでいるが、長袖《ながそで》のシャツは捲《まく》れない。

塚森の場合はクールビズのシーズンに入ってもスーツ着用が殆ど義務のようなものなので、折《お》り癖《ぐせ》や折《お》り皺《じわ》などをつけたくなかった。アイロンをあてても、なんとなく癖が残ってしまっているような気がするからだ。

そろそろかなあ、と待っていたら、ホームに電車が到着した音がした。

「――すみません、お待たせして」

ややあって改札口から現れた男は、塚森の姿を認めて走り寄ってくるなり頭を下げる。ほんの少し髪が乱れているのは、帰宅ラッシュに巻き込まれたからかもしれない。

荏原も塚森と同様、夏素材のジャケットは脱いで腕に持っていた。薄水色の長袖シャツは肘《ひじ》まで捲っている。クールビズが始まって尚きっちり締められていたネクタイも、今は少し緩んでいた。

「いや、私も今来たところだから」

あらかじめ、少し遅れると連絡があった。それでも本来の待ち合わせ時間を十分しか過ぎていない。これくらいは、電車の乗り換えなども鑑みれば誤差の範囲だろう。それに、客先に出向いていたら時間通り終わるかどうかはわからないものだ。

なににせよ、遅刻だと目くじらを立てるほどのものではない。

微笑んで執《と》り成《な》した塚森に、荏原が微かに眉を顰めた気がした。だがすぐに無表情に戻る。

……なんで今、むっとされたんだろう?

あまりよい印象を持たれていないのはわかっていても、なぜここで機嫌を悪くされるのかは疑問だ。やることなすこと気に食わない、ということなのだろうか。

――まあいいか。

塚森は、取り敢えずの疑問を横に置いておくことにした。個人の好悪の感情は、塚森の仕事には関係ない。幸い、荏原も悪感情が仕事に影響するタイプではなかったので、その点は安心できる。

荏原と連れ立って駅のロータリーへ降り、タクシーを拾う。そこから、荏原が既に予約しておいたという居酒屋へ移動した。

「おやじさん、二人――」

引き戸を開けて荏原が声をかけたのと同時に、店内からどよめきが上がる。そしてその後に続いて顔を出した塚森に、今度は歓声が上がった。

「あれ……?」

テーブル席に座る面々にどこか見覚えがある。店内にいるサラリーマンの殆どが、自社の社員のようだ。それに私服姿の者も、幾人《いくにん》かはそうなのかもしれない。

専務！　専務だー！　と声が上がり、手を振られるので、戸惑いつつも笑顔で会釈をした。

「専務。愛想振りまいてないで、行きますよ」

だが荏原に促され、挨拶《あいさつ》もそこそこに彼の後へついていった。店の奥にある個室へ通されて、それぞれソフトドリンクを注文する。

店員にもらったおしぼりで手を拭《ふ》きながら、塚森はきょろきょろと部屋を見回した。

古い木造の居酒屋の個室は、年季の入った六畳ほどの座敷だ。廊下とは障子で仕切られていて、居酒屋というよりは親戚《しんせき》の家の客間に来たような所帯じみた雰囲気《ふんいき》がある。

「すみません、こんなところ……とか言ったらおやじさんに怒られるか。でも専務は俺たちと違って、こういう大衆っぽい居酒屋は来ないでしょう?」

眼前で境界線を引くような科白に、塚森は目を瞬《しばた》く。嫌味に聞こえるか聞こえないか、紙一《かみひと》重《え》の声音だ。

それにしても嫌われたもんだなぁ、とのんびり思いながらもにっこりと笑ってみせた。塚森の応対が予想外だったのか、荏原の目が微かに瞠《みは》られる。

「来るよ、結構。友人がこういうお店が好きなんだ。私も好きだよ」

そう言って、おしぼりをテーブルの上に置く。対面《たいめん》の荏原は、胸ポケットに入れていた煙草のケースに触れた。指先で上面にトントンと触れているが、取り出さない。

テーブルの上に置いてあった灰皿を差し出すと、手で固辞された。

「今日は申し訳なかったです。最初からここを予約していれば専務を駅でお待たせすることもなかったんですが」

「いや、手配してくれてありがとう。今日は金曜日だから、個室を探すの大変だっただろう？　出先からだったのに、申し訳ない」

実際、最初は荏原も駅周辺で予約をとろうとしたが、週末の夜ということもありどこも満席だったようなのだ。

塚森の言葉に、荏原は再び顔を顰《しか》めた。そしてまたすぐに無表情に戻す。

「……ま、この辺は田舎《いなか》なので、金曜の夜でも結構あいてるんですがね」

荏原が予約してくれたこの店は、社員寮の近くにある。

駅から車で五分ほどの住宅地に店を構えているせいか、確かに席には余裕がありそうだった。

「そうなんだ？　荏原さんはこの店にはよく来るのかな」

「俺に限らず、うちの社員は昔っからお世話になってるみたいですよ。平成の頭くらいからここにあるらしいんですけどね、その頃から三柏御用達《みつがしわごようたし》というか」

へえ、と塚森は頷いた。

——ああ、だから俺のことをここに呼びたくなかったのかな？

不機嫌そうな理由はやはりそうなのだろうか。気兼ねのない馴染みの店に、仲間ではなく上司となど来たくはないだろう。

立場上塚森には「気軽に飲みに行ける同僚」というものが存在しないので、少々羨《うらや》ましい。

「……なんだか、歓迎ムードだったね。驚いた」

酒が入っているからだろうか。

三柏紡績の社員の、塚森に対する評価はどちらかといえば悪印象に振れていた。そのこともあって塚森の登場でやんややんやと盛り上がる、などという状況がまだ少し不思議に思える。

「そりゃ、そうでしょう」

「……何故？」

ある程度態度が軟化《なんか》するのは予想していたけれど、ここまで諸手《もろて》を挙げて歓迎されるのは予想外だ。

荏原は渋面を作り、再度「そりゃそうでしょう」と言う。

「今まで部署ごとに縦割でしか仕事をしていなかったものを、部門横断で連携《れんけい》を強くしての、業務改革と体制刷新《さっしん》。年功序列は撤廃。仕事に性別は無関係。働いた者が報われる――だから割を食う人材がいてそのぶん反発はあるだろうが、そうでない社員のほうが多い」

非常に説明的な科白だが、そうすることで荏原本人が状況を嚙《か》み砕《くだ》いて飲み込んでいるように見えた。

認めたい気持ちと認められない気持ちが拮抗《きっこう》しているようだ。けれどどうしてそう頑《かたく》ななのか。

「掌返しで支持するでしょうよ、そりゃ」

「……春の着任の時点で、言ったも同然だっただろう?」

再建計画はここまで仔細《しさい》ではなかったものの、方針的には今と同じものを打ち立ててはいた。提示された改革プランに目を通せば、わかることだろうと思っていた。だからこそ、二課の課長である野村や工場長のようにはじめから好意的に受け止めてくれるものもいたのだ。

「こちらとしては、なにも別のことを言ったり行動を変えたりしたわけではないのに、突然支持率が上がったような状況に思えて、驚いたんだ」

そして荏原が説明したように、始動しだした再建計画は社員に概《おおむ》ね好意的に受け取られた。言い方は悪いが、掌返しという状況といえる。

「……専務」

そんな塚森に、荏原は呆れた、とばかりの声を上げる。

「意外でもなんでもありゃしませんよ、そんなの」

——でも荏原さんは、相変わらずじゃないか。

改革の一端を担《にな》うべく呼ばれた荏原は、与えられた責務を全《まっと》うする姿勢を見せながらも態度を変えなかった。割りを食う社員が出る改革を選んだことが、わかっていても納得いかないのだろう。

そんな話をしていたら、先程注文したソフトドリンクが運ばれて来る。仕事の話し合いをするということは伝わっているらしく、あとはこちらから呼ばない限りは来ないという旨《むね》を告げて店員が去っていった。

社員御用達の店というだけあり、意外とこの手の融通《ゆうずう》がきくようだ。

「今日小宮《こみや》は夜勤らしくて、資料だけ預かってきました」

本当は、製造部勤務の小宮も交えて話をするはずだったが、彼は木曜日から夜勤のシフトになっていた。

——彼がいれば、もう少し会話もスムーズだったかな。

小宮は物怖《ものお》じせずに喋《しゃべ》るたちで、当初から塚森に好意的であり、荏原にとてもなついている。きっとこの間に入れば多少は楽しげな空気になったかもしれない。

が、彼はいないので、そんなことを思ってもしょうがない。

もしかしたら同じことを感じているかもしれない荏原が、テーブルの上に資料を広げる。

「新しい機械のメーカー候補です」

「うん……？」

目に入ったのは予想していたものと違った資料で、塚森は目を瞬く。塚森が疑問を発する前に、荏原が口を開いた。

「この間、別のメーカーの営業とちょっと喋ったんですけど、今使ってる機械をレストアできるんじゃないかって話になって」

「レストア？」

「車とかじゃないんで、この言葉を使っていいもんかわかりませんけど」

レストアとは故障や損耗《そんもう》などではなく、経年による老朽化《ろうきゅうか》で劣化《れっか》・故障したものを新品同様に修復したり復元したりすることを言う。

新しい機械の導入に至った経緯《けいい》は、現状使用している機械本体が経年劣化したというだけではなく、不調を来《きた》した機械の修理が不可能だという報告が設備課からあがっていたためだ。修理やメンテナンスに必要な部品が手に入らない、というのがその最大の原因だった。

彼が言っているのは、現状使用している機械を、メーカーは違うが同じ部品を作って生まれ変わらせる、という提案である。

大きなメーカーではなく、町工場のようなところなのでかなりの融通をきかせてくれるらしい。

「俺は機械の構造まではよくわからないので、設備課のやつと、あと小宮と一緒に話を詰めて、取り敢えずレストアに必要なものをまとめてきました」

「それはとっても魅力的だけど……できるのかな」

現況は工場が稼働できなくなるほど切羽詰まった状態ではないものの、早めに解決ができるならそのほうがいい。

「お約束は俺自身が現段階でできるものじゃないですけど、どうでしょう？」

「……見積もり出してもらうことってできる？」

そう言うと思って、と荏原は新たな書類を取り出した。既に、メーカーから見積もりを取ってもらっていたらしい。

――仕事が早い。

思わず手を伸ばして書類に目を通す。細かく出された数字を眺め、ぽつりと呟いた。

「……新しい機械一台分か」

「高いですか？　でも、家のまるごとリフォームだって、新築と同じくらいかかりますし」

「いや、案外安いかなって。倍くらいしたらどうしようかなって思ってたから」

許容範囲内であるというか、願ってもない値段だ。

うん、と頷き、塚森は顔を上げる。

「これって、もう少し勉強してもらうことってできるのかな?」

「もちろん。交渉します」

「あと、先方の営業さんと技術者さんに会えるものなら会って、うちの機械見てもらって、ってやりたいんだけど」

「訊《き》いてみます。あとは工場の面子《メンツ》と詰めてください」

「ああ、うん。わかりました」

多少おざなりな返事になるのは、塚森の意識が書類に集中しているからだ。新しい機械一台分くらい、とはいえ、当初二台を新規導入するはずだったことを考えるとそれよりははるかに安い。そこから更に値引いてもらえるのなら本当に有《あ》り難《がた》い話だ。

これならば先日「うまくない」と言っていた製造ラインの問題も解決できそうだった。

「――専務、そういうことで大丈夫ですか?」

「え、ああ」

この場をお開きにする、という宣言に、仕事モードに切り替わっていた塚森の頭にブレーキが掛かる。

「では、今日はここで失礼します」

「あ、じゃあ私も」

後を追うように座敷を降りる。

荏原はフロアに出ていた店員に「領収書は会社に回しておいて」と告げて店の外へ出てしまった。その店員からお支払いは大丈夫ですよと声をかけられ、塚森はごちそうさまでしたと会釈をして扉を開ける。

荏原は、外の灰皿の前で早々に煙草を吸っていた。

「どうも、お疲れ様でした。お気をつけて」

目が合うなり珍しく笑顔で告げられた言葉に、塚森は目を白黒させる。

——……なんだか一方的にさようならって言われてしまったな、これは。

どうしようかな、と逡巡《しゅんじゅん》し、「悪いことをしたかな」という言葉を落とす。

「なにがです」

相手の顔色を探ろうとするも、荏原は視線を紫煙に向けてしまった。

「——お茶を一杯ずつだけで出てきてしまったから。あれじゃ儲《もう》けにならないだろう」

私が君に、という問いではなく、別の言葉に置き換えた。

実際、飲食店は酒で儲かると聞いたことがある。飲酒どころか食事すらせずに、一時間弱で出てきてしまった。本日の客数からすれば迷惑でもなかっただろうが、あまり店の儲けにはならなかっただろう。

荏原は「別に気にしなくても大丈夫ですよ。短時間ですし」と返してきた。

——それにしても随分《ずいぶん》、嫌われたものだなあ。

用が済んだら即座にお開きにした理由を問えば、きっと彼は「煙草が吸いたかったんです、すいません」と嘯《うそぶ》く気がする。塚森を置いてさっさと店を出たのも、同じ理由で片付けてしまうに違いない。

個室にも灰皿があったと指摘したところで、「上役と同席していて煙草は吸えませんから」と返すのだろう。

立場上、嫌われ慣れてはいるものの、なんだか釈然《しゃくぜん》としない。

子供の頃からの倣《なら》いで常に精神の安定を己に課しているが、今日はやけに心に棘が刺さる。仕事とはいえ楽しく話ができていたことと、物事が狙っていた方向に上手く転がっていきそうな予感がして、高揚《こうよう》していた気分に水を差されたような心地がしたからかもしれない。

ちょっとだけ意趣返しをしたくなる。

「私にも一本もらえるかな?」

塚森の申し出に、荏原は一瞬右目を眇《すが》めた。

「専務、煙草吸われるんですか」

塚森は非喫煙者だ。だが、喘息《ぜんそく》持ちでもなければ嫌煙家でもなく、学生のときにヘビースモーカーの友人に付き合って多少嗜《たしな》んだこともあった。ただ、吸い続ける理由もなかったので止めた、という程度である。

荏原は塚森の答えを待たずに、胸ポケットに入れていたソフトケースごと手に取って寄越した。

「どうぞ」

煙草一本分、塚森と一緒にいるくらいならば残った煙草をすべてやったほうがマシ、という彼の慇懃無礼《いんぎんぶれい》で徹底的に距離を取ろうとする態度に、却《かえ》っておかしくなってしまう。

「差し上げま――」

塚森は差し出された荏原の手をすり抜け、初めから狙っていた彼の唇に挟まれていた煙草をそっと奪《うば》った。

え、と目を瞠ったのに微笑み返して煙草を咥《くわ》え、一気に吸い込む。肺には送らず口の中いっぱいに溜めた煙を、荏原の顔に吹き付けた。

「――っ」

「色々とごちそうさま。また来週、会社で」

にっこり笑って、塚森はまだ長い煙草を灰皿に押し付けた。

それまで刺々しい態度を取り続けていた荏原は、塚森の不意打ちにただ呆《ほう》けている。

お疲れ様、と告げて塚森は荏原に背を向けた。

塚森の自宅は駅のすぐそばにあるマンションで、ここから歩いて二十分ほどの距離だ。住宅地ということもあり周辺に殆ど人の姿はない。一人で行動するな、という稲葉の忠告は覚えていたものの、百メートルほど歩けば人通りの多い道に出るし、タクシーを使うほどでもないか

と、そのまま歩いて帰ることにする。

——さっきの、荏原さんの顔。

反撃を受けるとは思っていなかったのだろう、目を白黒させていた。

思い出すと少しおかしい。すごく腹を立てていたというわけでもないが、挑《いど》むような視線とそっけない態度に、ちょっとやり返してみたくなったのだ。

——ついにパワハラしてしまったな。

そもそも荏原はあのくらいで騒ぐタイプとは思えなかったが、ほんの少し反省する。

塚森——「鳴り物入りの専務」に対し、色々と、言いたいこともあるのだろう。それは荏原に限った話ではない。いくら「忌憚《きたん》のない意見を言ってくれ」と言ったところで、言えるはずもない文句は当然存在する。

——でも、ある意味荏原さんは健全だし……。

不健全な対応より断然いい。いいというか、陰湿な輩《やから》と比べるべきものでもないだろう。彼は絶対に闇討《やみう》ちなどをするタイプではない。

てくてくと歩きながら、不意に小さな衣擦《きぬず》れの音が聞こえることに気がついた。それから、抑《おさ》えてはいるが乱れた呼吸。

「——」

振り返った瞬間、背後にいたのは警棒のようなものを振り上げた男だった。上下黒のジャージに黒のニット帽、顔の半分はマスクで覆《おお》われていて誰彼の判別はできない。

「っ……！」

咄嗟に顔を両腕で庇《かば》う。鞄《かばん》が足元へ落ち、交差させた腕に鈍《にぶ》い痛みが走った。塚森はよろめき、仰向《あおむ》けに勢いよく転ばされた。背中を強く打ち、息が詰まる。ぶっ殺す、と掠《かす》れた低い声が落ちてきた。

「──おい、やめろ！」

背後から発せられた第三者の声に、二打目を仕掛けようとしていた男は弾《はじ》かれるように逃げ出した。

塚森の顔の横に、男の持っていた凶器が落下する。

「大丈夫か、おい！」

「ありがとう、平気、だ……」

心臓がばくばくと騒いでいるし、体はあちこち痛いけれど、大怪我はしていない。

「このやろう……っ、てめえ、待て！」

大声と二人分の足音が遠ざかっていく。

塚森は胸を押さえて息を吐いた。背中を打ったと思ったが、肘や腰も鈍い痛みを訴《うった》えてくる。なにより、殴られた衝撃で、両腕が痺《しび》れていた。

「くっそ……！」

息を切らしながら、戻ってくる声がある。ぎくりとして塚森が振り返ると、戻ってきたのはジャージの男ではなかった。

「――逃げられた、すいません」

息を整えながら告げられた謝罪に、塚森はぽかんとする。

「あれ？　……なんで、茌原さんが？」

驚いたことに、窮地《きゅうち》を救ってくれたのは茌原だったらしい。そんなことにも気づかなかったし、なにより茌原が助けてくれたという状況が意外で呆けてしまう。

対面の茌原は小さく息を吐いてネクタイを引き抜き、片手でシャツの第一ボタンを外す。そして、身を屈め、落ちていた凶器を拾った。

「なんだこれ？　ペットボトル？」

ジャージの男が使用したのは、五〇〇ミリリットルの清涼飲料水のペットボトルだったようだ。殺傷能力は低く鈍器というには微妙なもので、帰り道に処分してしまえば簡単に証拠隠滅《いんめつ》できる、といったところか。

「大丈夫ですか、専務。立てますか」

「……大丈夫。ありがとう」

差し伸べられた手を固辞し、腕をさすりながら立ち上がる。缶コーヒーを頭にぶつけられたときよりは怪我のリスクは低そうだ。

「助かったけど……どうしてここに?」

煙草を吸っていたんじゃないのか、と首を傾げる。

「あ、もしかしてさっきのパワハラの文句でも言いに来たのかな」

答えを聞く前に思いついて言うと、荏原が表現しがたいしかめっ面《つら》を作る。

だとしたら、たまにはパワハラのひとつでもしてみて正解だった。半ば本気でそんな冗談めいたことを考えていたら、荏原が「違う」と苦々しい声で否定する。

「そんなことで追いかけてくるわけないでしょうが。……もうひとつ、別の会社で見積もり出してもらったの忘れてたんですよ。それで、渡そうと思って後を追ったら――」

「さっきの現場に居合わせたのか」

なんにせよタイミングがいい。流石《さすが》できる男は違うな、と感心しつつ塚森はほっと息を吐いた。

「助かったよ。ありがとう。見積もり、もらえるかな」

「っ、あんたね――……専務。見積もりよりも警察と病院でしょう」

ぞんざいな言葉遣いになりかけて、荏原が途中で言い換える。そしてそう言いながらも、律《りち》儀《ぎ》に鞄から見積もりを取り出した。

塚森は差し出された紙を受け取り、目を細める。

「いいよ。大した怪我じゃないし」

「なに言ってるんです。そんなわけにいかないでしょう」

荏原が手を伸ばし、塚森の腕を掴む。先程ペットボトルで殴られた場所に触れられて、反射的に「痛い」と言ってしまった。はっとして荏原は力を緩めたが、離してはくれない。

「ほら、痛いんでしょう？　だったら病院に行きましょう」

「いや……これは君が掴んだからだけど」

やんわりと掴まれた手に触れると、今度は離してくれた。

「大丈夫だよ。慣れてるから」

クリアファイルに挟まれた見積もりを、先程落とした鞄を拾い上げて中にしまう。

「──は？　慣れてるって、なにが……」

「だから、こういうの今日が初めてじゃないから」

「はあ⁉」

低音の大声に、塚森の鼓膜《こまく》がびりっと震える。思わず首を竦《すく》めてしまった。

「初めてじゃないって……はあ⁉　あんたなにを悠長《ゆうちょう》に……初めてじゃないなら余計警察行くべきだろうが！」

今度こそ丁寧語をかなぐり捨てて、荏原が詰め寄ってくる。その勢いに、塚森は数歩後退した。

──なんというか、本当に健全な人だな。

自分のことをあまりよく思っていなかったはずの荏原のリアクションに、そういう場合でもないというのに感心してしまった。

好印象ではない相手に対しても、きちんと心配してくれるのだ。もちろん、それが「普通の人」の感覚なのかもしれないが、塚森の周囲にはあまりいないタイプなので、少々面食らう。

周りには良くも悪くも損得で動く人間のほうが多かった。そして、きっと自分もそうなのだろうと塚森は思う。

だが正直にそんなことを口にすれば、ものすごく呆れた顔をされるかもしれないので口を噤《つぐ》んだ。

「おい、聞いてんのか」

結果黙って相手の顔を眺めていた塚森に、荏原は苛《いら》立《だ》ちの声を上げる。

「聞いてるよ。聞いてます。……でも、心当たりも、なくはないから」

は、と荏原は声には出さずに口を開け、閉じた。

そして塚森の肩を摑み、駅とは反対方向に押しやるようにして歩かせる。

「ええと……?」

「……あんたなぁ、今日が初めてでもないし、早晩狙われるのもわかってんのに、こんな人気のない夜道を一人で歩く奴があるか。タクシー呼ぶから、店に戻るぞ」

さっきの今で襲って来るかどうかもわからないが、塚森は荏原に従い居酒屋に向かって歩みを進めた。茌原は庇うように、後ろを歩く。「一緒にいたら茌原さんも危ないのでは」と訊ねたら、無視された。

「それに、いいのかな?」

「なにが」

少々苛立ったような返答に、塚森は肩越しに茌原を振り返る。

「煙草、吸いたかったんだろう? だからさっさと切り上げて席を外したんだろう、と言外に含ませてみれば、茌原はばつが悪そうに唇を曲げた。

責めるつもりはないし怒っているわけでもなかったが、わざわざあげつらってしまったあたり、ちょっと哀《かな》しい気持ちにはなっていたんだなあ、と自分自身が抱いた感情をのんびり分析する。

「……悪かったよ」

ちょっと意地の悪い言い方をした塚森に、背後の茌原が、絞《しぼ》り出《だ》すように謝罪《しゃざい》を口にした。

「なにが?」

とぼけて首を捻る。ぐ、と茌原が言葉に詰まる気配がした。思わず笑みを零す。

「……あんた、結構いい性格してんな」

「そりゃあ、一応上に立ってる人間なので。トップの人間なんて変わり者じゃないと務まらないし」

けろっと答えれば、荏原は「なんでそんなに楽しそうなんだ」と呆れるように息を吐き、そして笑った。

荏原の含みのない笑顔を塚森は初めて見るかも知れない。なんだか嬉しくなって、塚森も頬を緩めた。


塚森を伴って居酒屋に戻った荏原に、社員たちが驚いたような視線を向ける。

彼が塚森に対して少々棘のある態度を取っていることを、周囲も当然、ある程度気がついてはいるようだ。

店主にタクシーの手配を頼み、荏原は塚森を連れて再び先程の座敷へと戻った。既にグラスは片付けられている。

荏原は胸ポケットから煙草を一本取り出しながら、「いいですか？」と訊いてきた。どうぞと手で指し示すと、煙草を軽く唇に挟み火を点《つ》ける。

「――それで？」

荏原は一息吸い込み、ふうっと天井《てんじょう》に向かって紫煙を吐き出した。

「え？」

唐突な問いかけに、首を傾げる。

「心当たりがあるって言ってたろ。……誰なんです」

再び丁寧語に戻ってしまった。

塚森は少々迷って「誰、というのではないけれど」と返す。荏原が右目を眇めた。

「それはどういう……」

「不特定多数いるっていうか。恐らく、先立って整理した『人員』の誰かだと見当はつけてるんだけど」

塚森の返答に、荏原は煙草を口から外した。あっけに取られたようなその顔が、少しいつもより若く見える気がする。

「めちゃくちゃいるじゃねえか」

「お陰様で」

先日、稲葉に専務室に防犯カメラをしかけてもらったが、デスクの抽斗に手紙を入れた個人の特定は難しそうであった。映《うつ》っていたのは作業服に身を包んだ人物で、顔は見えず背格好にも特徴《とくちょう》がなかったのだ。なにしろ、作業服や防護マスクなどを身につけた社員は工場にごまんといる。

「……見当なんてついてるようでついてねえってことですか」

荏原のその問いかけには、肩を竦めて応えてみせる。なにせ、該当者《がいとうしゃ》は契約社員や派遣社員を含めて四桁《けた》にのぼるのだ。おまけに、金と時間に余裕のある管理職の首も切った。円満に退職してもらったつもりだが、それでも納得できない、と訴訟《そしょう》を起こそうと息巻いているものもいるとは聞いている。犯人が本人とは限らず、親類縁者の可能性もあった。

——そもそもこの人は、俺のアンチのようなものだろうに。

彼が塚森に対してそっけないのは、人員整理も含めて多少強引に進めた改革によるところが大きいに違いない。

そんな感情を読み取ってか、荏原は塚森を睨《にら》んだ。

「……言っておきますが、それとこれとは無関係ですからね？」

「え？　ああ、別に最近私の周囲で起こっていることが君の差金《さしがね》だとは思っていないよ？」

いくらなんでもそれは暴論というものだ。もっと言ってしまえば、表に出さないだけで快《こころよ》く思っていない者など内にも外にも大勢いるだろう。

それなりに納得している塚森の一方で、荏原は相変わらず不機嫌な顔をしたまま、煙草を灰皿に押し付けた。

「そうじゃありません。……色々納得がいかないことと、こんな風に闇討ちをするってことは、別問題ってことですよ。まったくフェアじゃない」

「……ああ、なるほど」

彼が先程から苛立っているのは、塚森と店に戻る羽目になったからだと思っていたが、そういうことではなくて、不意打ちの暴力に訴えた何者かに対してだったらしい。

——なんというか……やっぱり健全というか、素直な人だ。

そう評したら、彼をますます怒らせるだろうか。

荏原は二本目の煙草に火を点けた。特に話すこともないので、そのまま沈黙が落ちる。

二本目の煙草が短くなった頃、座敷の障子が小さくノックされた。

「タクシー来ましたよ。行きましょう」

「あ、うん」

互いに腰を上げ、再度連れ立って店の外に出る。

店前に待機していたタクシーの後部座席に乗り込むと、荏原は営業部員が支給されているらしいタクシーチケットをくれた。

「寄り道せずに帰ってくださいよ。絶対一人にならないように」

「あ、ああ」

「運転手さん、お願いします」

後部座席のドアが閉められ、タクシーが走り出した。行き先の自宅マンションの場所を告げて、塚森は背もたれに身を預ける。

それから数秒としないうちに、携帯電話にメッセージを受信した音が鳴り、びくっと背筋を伸ばした。送信者は、稲葉だ。

塚森は表示された文章と画像に目を通し、そのままメッセージを返そうと思ったが、面倒になり通話ボタンをタップした。

会社再建計画のために立ち上げたプロジェクト、及びチームの活動は、午後からが主《おも》だ。午前中は通常通りの業務をこなし、午後一番の仕事を終わらせたあとに始める、という流れである。時間は午後三時くらいから午後五時くらいまでが多い。

プロジェクトの定例会議を終えて席を立つと、荏原《えばら》が声をかけてくる。

「——専務。先日のレストアの件ですが」

「ああ、うん」

塚森《つかもり》に対して頑なな態度を取っていた荏原だったが、暴漢に襲われた夜以降、こちらのことを気にかけてくれるようになった。ただ、態度が軟化《なんか》したというわけではなく、不本意そうにしながらもなにかと向こうから話しかけてきてくれる、という状況だ。恐らく安否の確認も兼ねているのだろう。

当初は「おや?」という顔をしていた周囲も、二人が会話をしている場面には早々に慣れたらしい。

「小宮《こみや》、ちょっと説明してくれ」

「了解でーす」

製造部の若手ホープである小宮は敬礼のようなポーズをして、資料を手に塚森の前に立った。

先日、彼らの進言によって一部機械が修理された。以前との使用感などの差異は当然なく、問題なく運用されているようだ。時折荏原がコスト面などの話を補足しながら、小宮が淀《よど》みなく説明を進める。

上がってきている報告と、現場の意見に食い違いはなく、今後も新機種の導入ではなく修理保全する方向で固める。

方針を決めつつ頷いていたら、専務、と荏原に呼びかけられた。

「取り敢えず、あとは小宮から聞いてください。俺はこのあと客先に行くので」

「ああ、わかった」

「遅くなるようなら、タクシー呼んでくださいよ」

「……わかってる。ありがとう」

荏原はあの夜以降必ず念を押してくる。素直に頷いたものの、ちゃんと気を付けているってば、と思ったのが表情に出たのか、荏原は一瞬顔を顰め、不機嫌そうに会釈をしてきた。

さらに小宮が「いってらっしゃーい」と手を振るので、塚森も同様にしてみたら、すごく嫌そうな顔をされてしまった。

「小宮くんってさ」

「はい」

「荏原さんと仲がいいよね」

「そうですね。仲いいですよ。寮の部屋にもよく行きますし、たまに一緒に遊びにも行きますし」

聞けば、二人は出身大学が同じなのだという。もっとも、五歳年の離れた彼らの在学期間はかぶっていないようだが。

学閥があるというわけではなく、単に同窓であることをきっかけとして仲良くなった、と、小宮は強調した。

なにもそんなところを強調しなくても、と思ったけれど、塚森が学閥の撤廃を掲げたせいで警戒されているのかもしれない。

「仕事もできるし、いい人ですよ。荏原さんは」

「うん。そう思うよ」

素直に頷けば、小宮は意外そうな顔をした。

「……塚森専務って、ほんっと変わってますよね」

「……そうかな?」

唐突に無礼な発言をされて、塚森は目を丸くする。彼の上司がこの場にいたら泡《あわ》をくっているところだろう。

けれど、塚森はこういった発言を気にしてはいない。風通しのいい社風にするのが一番の目的だ。通し過ぎでは、という目で見られることもあるが、

「そうですよ。俺みたいな下っ端と普通に仕事の話とかしてるし」

「下っ端ではないだろう？」

年は確かに若いが彼は塚森と同い年であるし、下っ端という小宮の自己評価は多分に謙遜《けんそん》が含まれている。

それにもし単なる下っ端ならば、塚森もこの場に呼んではいない。

「じゃ、若手。若手集めてプロジェクトなんて、なかなかやんないですよ。本人が若くたって」

「……そうかな？」

「やっかまれますもん、年寄りに。失敗したらそれみたことか若造が！　って言われるだろうし」

ちょっとおどけたように言う小宮に、塚森は小さく笑う。

「そういう人はもう社内に残ってないでしょ。それか心で思ってても言わない人しかいないか」

「だって、専務は容赦《ようしゃ》ないですもん。こうやって気安く喋ってくれるし、生意気な口きいても怒ったりしないけど、見切ると一瞬だし」

ずけずけと言われた評価に、口を閉じる。以前、荏原にも似たようなことを言われた覚えがあった。

「……歯に衣《きぬ》着せないね？」

「やだな、怒んないでくださいよ。怖い」

怒っているわけではないが、はっきりと言われるとどうしたものかとは思う。シビアで容赦がないという自覚はあった。

「あれ？　落ち込みました？」

「……いや、別に落ち込んではいないけど」

他人からの感情的な評価などは、気にしないし、気にならない。けれどもしかしたら塚森のそういうところが、見る人によっては冷たく映るのだろうか。

言動には気をつけようと考えていたら、小宮は「でも」と言い添えた。

「荏原さんが専務に対してちょっとツンツンしてるのは、結構個人的な感情によるところが大きいですよ」

「え？」

「これ言っていいのかな？」

そこまで話しておいて、小宮が勿体《もったい》ぶる。言ってよ、と迫《せま》れば、小宮はアイドルのような可愛らしい顔ににやっと笑みを乗せた。

「専務、このあとご予定は」

「いや……特にないけど」

「みんなでごはん食べに行きません？」

それは間違いなく、続きが聞きたければ奢《おご》れという話なのだろう。この場で一番上の役職なのは塚森だ。

「おーい、専務がメシ奢ってくれるってー！　行く人ー！」

了承もしないうちから小宮が呼びかけると、終業時刻ということと、給料日前ということもあり、その場にいる殆どがわらわらと手を上げた。

コミュニケーションもプロジェクトには大事か、と諦《あきら》めて、塚森はわかったと頷いた。


全員で移動したのは、先日荏原に連れてこられた社員寮の近くにある居酒屋だ。ついてきた半数以上が独身でここの社員寮に入っているからだろう。

「……で？」

「え？　なにがですかー？」

焼き鳥を咀嚼《そしゃく》しながらとぼける小宮に、「荏原の『個人的な感情』の話は？」と率直に訊ねる。

「でも、荏原さんに了承取ってないのに喋るのもなー?」

「……君ね」

じゃあこの飲み会はなんなんだと言いたくなったが、懇親会《こんしんかい》だと思えばこれも無駄ではないかと意見を引っ込める。

だがそんな塚森に、小宮が笑った。

「専務って、変なところで押しが弱いんすね」

「君がはぐらかすからだろう」

「んー、ていうか、荏原さんがツンツンしてる理由なんてみんな知ってるし。俺が喋らなくても」

ねえ、と小宮が話を振れば、そこにいる数人が黙って目配せをし合う。本当に「知らない」と言う者はいなかった。

そして勿体ぶっていたわりにあっさりと、小宮が事情を話してくれる。

塚森が大量に整理した人員の中に、荏原が世話になっていた営業部の先輩が混じっていたそうだ。

名前を聞いたら、確かに聞き覚えがあった。荏原と同じ営業二課所属の、田崎《たさき》という人物だ。けれど、塚森は当該《とうがい》人物と直接会ったことがない。彼は殆ど会社に来ていなかったからだ。

「田崎さんは、ぶっ壊れちゃったんだよね。俺は営業部じゃないし、俺が入社したときは既に来てなかったから、見たこともないしよく知らないけど」

「俺もあんまり会ったことないもん、田崎さんて」

そう言った小宮からバトンを受けるように話し始めたのは、荏原とともにプロジェクトに関わる二課の山本《やまもと》だ。山本は、荏原の五年後輩である。

田崎は荏原が入社した際の指導員で、当時の営業成績はとても優秀だったらしい。山本もあまり目にしたことはないそうなのだが、十年以上前の資料にはよく田崎の名前が上がっているそうだ。

そんな田崎は、激務につぐ激務で精神的にやられてしまった。

「もう残ってないけど、当時の二課の課長がすごかったんですよ。パワハラが」

「わかる。怒鳴り声聞こえるなって思ったら二課の課長だったもん」

そう補足したのは、営業部と同じフロアにある経理部の中堅社員の藤本《ふじもと》だ。彼女は田崎とは同期だという。

営業成績も優秀で、パワハラに遭う後輩を庇う優しい人だったが、ある日突然来なくなった。荏原が何度も自宅へ行ったようだが、出社するのが怖いと言っていたらしい。それ以来、休職届を出して、休職期間が切れるとほんの少し顔を出し、また休職をする、というのをもう十年ほど繰り返していた。

そこまでの事情を聞いて、「確かにそれならば整理対象だな」と頷く。

「でも、そもそものきっかけが会社なのに、って」

「そうだね。でも今回首を切られてしまったのなら、会社指定の病院ではもう同じ診断結果が出なかったってことだと思うよ」

休職は「復帰」が前提で認められる権利だ。

田崎の場合は、塚森が改めた新基準では復帰の目処《めど》も復帰の意思も認められなかったのだろう。

——……なるほど。

そういった事情を聞き、荏原がやけに冷たい目で塚森を見ていたその理由がわかった。人情的に、わからない話ではない。

ただ、大量の人員整理について血も涙もないと責められたこともあったが、経営、そして経営改革を任された立場としては酌量の余地がないことだ。温情で他の社員が露頭《ろとう》に迷っては元も子もない。そこまでの余裕はもはや三柏紡績にはなかった。もっとも、荏原もそれはわかっているのだろうが。

「会社に貢献《こうけん》した実績があって、かつ個人的に懇意《こんい》にしていた先輩が理由か……」

ただ、そういう人もいるのだろうなと理解できる一方で、塚森からすれば共感しがたくもある話だ。やはり、自分は冷たいのだろう。反芻《はんすう》してみるとやけに鳩尾《みぞおち》のあたりがもやっとする。

「田崎さんの件だけじゃなくて、結構頑張ってくれていた契約の人とかも切られちゃったんで……営業だと事務の人とかとも接する機会が多いのでどうしても同情しがちっていうか」

塚森が難しい顔をしてしまったせいか、山本がフォローともつかない言葉を付け足す。

「もっとも、僕は荏原さんと違って、同情よりも自分が切られなかったことに安堵《あんど》しちゃいましたけどね」

冗談めかして言ってはいるが、それも本音だろう。自分に自信があるからこそ他人の心配ができるという側面もある。

「荏原くんは、結構気持ちの融通《ゆうずう》があからさまに利《き》かないのよね」

ちょっと棘のある言葉を口にした藤本に、小宮が反論する。

「情が深いってことですよ。いいことじゃないですか！　一度懐に入れると大事にしてくれる人ですよ。めっちゃ面倒見いいんですから荏原さん！」

「まあそうだけど、だからって専務に冷たくするのは違うじゃない」

「でもちゃんと仕事はしてるでしょ。仕事する上で別に雑談なんてしなくてもいいし、それに無視したりとかはしてないですよ」

「当たり前でしょ、社会人なんだから」

何故か藤本と小宮で言い合いが始まってしまい、塚森も含めてやれやれといった雰囲気が流れる。

——でも、面倒見がいいのは、確かにそうかも。

小宮が評す通り、彼にはそういう側面がある。あれだけ塚森に対して冷たくしていたのに、暴漢に襲われていると知ったら護《まも》るように傍にいてくれたし、その後も不本意そうではあるけれど「大丈夫ですか」「一人にならないように」と声をかけてくれる。そしてその都度《つど》、ばつの悪そうな顔をするのだ。

――なるほど、融通は利かないけど、情が深い。

本人に言ったら、また嫌そうな顔をされるかもしれない。想像するとおかしくて、塚森は口元を緩めた。

それから数日後、稲葉《いなば》から呼び出しがあったのは、午後八時を過ぎてからのことだった。指定されたのは新宿《しんじゅく》三丁目駅から歩いて五分ほどの雑居ビルに入っているショットバーだ。

「あれ……？」

営業時間になっているはずなのに、ドアが開かない。ドア付近のガラス窓から覗いてみたが、やはり人の気配はないようだ。

――ここで合ってるよな？

稲葉から送られてきたメッセージを確認する。地図アプリに住所を入れてみたが、やはり間違いはない。

ネットで店名を検索《けんさく》すると、店のＳＮＳアカウントが見つかった。そこで、今日が臨時休業日だと知る。

——参ったな。

店が閉まっているがどうする、というメッセージを送るも、当の稲葉はまだ仕事が終わっていないのか、それとも移動中なのか、未読の状態だ。

——うーん……。

ここにとどまっていてもしょうがないし、新しく店を探すしかない。

一人で行動するな、という荏原《えばら》の科白が耳に蘇る。さすがにこの人通りの多い場所で、とも思うし、職場から距離もある。頭の中の荏原が油断するなと怒鳴るので、塚森《つかもり》はビルの外、人目に付き易《やす》い出入り口の前に立って予約アプリを開いた。だが、今日は金曜日のためか空席のある店が見当たらない。「残席あり」となっていても、実際に店に電話を入れてみると「お席はないですねー」と言われてしまう。

黙々と近場の店を検索をしていたら、不意に肩を叩かれた。

稲葉が来たのだろうかと顔を上げる。そこに立っていたのは大学生くらいの若い男だった。Ｔシャツにジーンズというシンプルな格好で、身長は塚森と変わらないか、少し高い程度だろうか。

見知らぬ相手に、日頃の荏原からの忠告を思い出し、身構える。だが男は殴ってくるわけでもなくただにっこり笑ったので、反射的に笑みを返してしまった。

「さっきから見てたけど、お兄さん、一人？」

「ええ」

もしかしたら、居酒屋のキャッチだろうか、とうかがうも、インカムなどもつけていないしメニューも持っていないので、恐らくそういった類《たぐい》のものではない。

「もしかして、すっぽかされた？」

「いえ。少し遅れてるみたいで」

男がずいっと顔を近づけてくる。随分《ずいぶん》飲んだのか、酒臭《さけくさ》い息がかけられた。

「いやー多分来ないんだよ、そのひと」

「はあ……」

どういうつもりで話しかけてくるのか判然とせず、それよりも今は店探しだと塚森は携帯電話を再び注視する。

だが、男にそれを奪い取られてしまった。

「ちょ、っと。なにするんですか。返してください」

「えー、やだ」

語尾にハートマークをつけたような言い方で返され、戸惑う。会社用ではなく塚森自身の携帯電話とはいえ、それでも個人情報の塊《かたまり》である。

「返しなさい」

「あっ、上から目線むかつくー」

なにが上から目線なのかと言いたい気持ちを抑え「返してもらえませんか」と交渉する。壊されるならまだいいが、携帯電話を売られたり利用されたりしたら困るのだ。

そんな塚森を見て、男はにやりと唇を歪《ゆが》める。

「返してもいいけどー、その代わり俺と飲みに行こうよ、ね？」

「いや、私はこれから人と会う予定が」

「だから来ねえって。な、いいじゃん」

肩を摑まれて、今しがた出てきたビルの中へと押しこまれる。さほど体格差はないのに、男は予想外に力が強い。

人気のないビルのエントランスの壁際に追いやられ、なにを要求されるのかと塚森は戸惑う。

「じゃあチューして。そしたら返すから」

「え……いや、それは、ちょっと」

予想外の科白に面食らう。「じゃあ」という言葉の前後にまったく繫《つな》がりが見いだせない。

思わず横へ逃げようとしたが、男は壁を殴るように手を衝《つ》いた。相手の腕に進路を阻《はば》まれて、塚森は逃げ場をなくす。

「なにも咥えてって言ってるわけじゃないんだし。チューくらいいいじゃん」

「えーと……」

「ちゃんと返すからさ。ほら」

塚森から奪った携帯電話を振りながら、男は唇をちゅっと鳴らす。

——それ以前に俺、男なんだけど。……いや、ああ、そっか。

そういえば、この場所が所謂「新宿二丁目」と呼ばれるゲイタウンに近いということを塚森は思い出す。

そういう事情を知らなかったわけではないが、今まで路上でこんな目に遭ったことがないので困惑するし、本能的に恐怖を感じた。

「ほら、いいだろ」

「っ、やめ……」

抱きしめられ、首筋に男の息がかかる。流石にこれ以上は、と抵抗しようとしたところで、急に男の体が離れていった。

「痛ぇな！　なにしやがる！」

男は振り返りながら怒鳴る。どうやら、誰かが助けてくれたらしい。

「——嫌がってんだろ。やめろ」

聞き覚えのある声に、塚森はいつのまにか俯《うつむ》けていた顔を上げた。

——……荏原さん?

濃い色のTシャツに細身のパンツを穿いた荏原が、男の襟首《えりくび》を掴んでいた。一瞬の隙をつき、荏原は男の手に握られた携帯電話を奪う。

「てめえ、ふざけんなよ。横取りするつもりかよ!」

「あぁ?」

威嚇《いかく》の声を上げた荏原に距離を詰められて、睨まれた男が怯《ひる》む。

一九〇センチ近い長身の男は、対峙《たいじ》するだけで迫力があるのだ。

小さく息を吐き、荏原は塚森の肩を抱き寄せる。ほんの僅かに香る香水と煙草の匂いに、一瞬どきりとした。

そして、男から奪い返してくれた携帯電話を、塚森の手に握らせてくれる。差し出された腕にはめられた時計はプライベート用なのか、いつも営業中に彼がつけているものよりも重そうな厳《いか》ついもので、そんな場合でもないのに目が釘付《くぎづ》けになった。

「俺との待ち合わせだ。邪魔なんだよお前」

どこかへ行け、と低い声で凄んだ荏原に、男は舌打ちをして去っていく。

その姿が完全に見えなくなってから、塚森はほっと息を吐いた。

ありがとう、と礼を言うより早く、「おい」と荏原が声を上げる。

「あんた、こんなところでなにをしているんだ」

「なにって……」

「一人になるなって言ってただろう。学習能力ないのかよ」

強い口調に引っ掛かりながらも、助けてもらった手前言い返すのを躊躇《ちゅうちょ》する。

「……すまない。でもこれは不可抗力で」

「ここがどこだかわかってんのか!?」

頭ごなしに怒鳴られて、塚森はむっとする。

「わかっているが?」

ここがゲイタウンにほど近い場所だというのもわかっている。だが、親友の稲葉がゲイであり、その界隈《かいわい》の知り合いも多い塚森にとって、新宿は無闇に危険視するような街だという認識はない。

そういう言い方は失礼なのではないか、と睨めば、荏原はますます機嫌を悪くした。

「じゃあ俺の助けなんていらなかったってわけだ? 余計なことをしてすまなかったな」

「それとこれとは別じゃないか」

「別じゃねえだろ! あんた――」

「――はいストップ。ストーップ」

このまま激しく言い合いになりそうなタイミングで、のんびりした声がカットインしてきた。

二人で同時に声のした方向に顔を向ける。

ビルの入り口に立っていたのは、稲葉だった。今日はきっちりと頭を撫《な》でつけたビジネスマン風の装いである。胡散臭い笑みを浮かべ、「はいはい失礼しますよ」と言いながら二人の間に割って入った。

「……稲葉、遅い」

「悪い悪い」

緊張していた空気が一気に緩み、塚森はほっと息を吐く。

ほんの僅か呆けていた荏原は、稲葉のスーツを摑み、睨み下ろした。

「あんたなぁ、どういうつもりか知らないけど、待ち合わせにこんな場所使うんじゃねえよ。そういう遊びか？」

「……それは失礼。誤解だけど」

「誤解だと？」

一体なにを諍《いさか》っているのかわからず、塚森は二人の顔を見比べる。荏原は非常に苛立った様子で、稲葉に詰め寄った。

「恋人にこんな真似させるなんて悪趣味だ」

「こ……っ？」

唐突に出てきた「恋人」という単語に、塚森は話の核心がわからないまま思わず声を上げてしまった。

一体どこに、二人を恋人だと疑う要素があったのだろうか。

「恋人って、俺と稲葉が？　違う、誤解、それは誤解だ」

慌てて否定した塚森に、荏原は「はあ？」と首を傾げた。

「この男は、学生時代の友人で……単に、上のバーで待ち合わせていただけだ。今日は臨時休業だったみたいで、だから別の店を探そうと思って、ここで携帯を……」

塚森の説明に、荏原が当惑の表情を浮かべる。

「……だってあんた、さっきここがどういう場所かわかるって」

「ほぼ新宿二丁目なので、男性が男性をナンパすることもあると……そういうことではなく？」

どうもそれ以上のなにかの意味があるような、含みをもった荏原の言葉に首を捻る。本当にわからなくて訊ねたが、荏原は答えずに稲葉を睨《ね》めつけた。

「あんたな、なにも知らないのをこんなところに放置すんなよ」

「不可抗力です。店が臨時休業なのは不幸な偶然だし、仕事が押して彼とは連絡がつかなかっただけで、ここへ立たせるためになにか俺がしたわけじゃありません」

荏原は納得できない様子を見せながらも、稲葉から手を離した。そして、くるりと踵《きびす》を返す。

塚森は慌てて「あの」と声を上げた。

「荏原さん、さっきは助けてくれてありがとう。困っていたから、助かった」

先程言わせてもらえなかった礼をやっと口にして頭を下げる。

振り返った荏原は、困惑しきりの顔だった。そして、大仰《おおぎょう》な溜息を吐き、頭を掻く。

「なんなんだよ、あんたは……」

「なんなんだって、言われても」

再度、荏原が大げさなくらい嘆息《たんそく》する。

「ああいう場面では、もっと顔色くらい変えてみせろ。気を持たせてるのか本当に困っているのかわかりにくい。……気をつけろよ、色んな意味で」

じゃあなとぞんざいな口調で告げて、荏原が夜の街へ消えていく。どういう意味だったのかと友人を振り返ったら稲葉にも溜息を吐かれた。

「……俺ってそんなに顔色変わらない？」

「そうだな。人間っつーのは喜怒哀楽《きどあいらく》があるからな。多分お前、自分が思っている以上に腹の中が知れないぞ」

「結構笑ってるほうだと思うんだけど」

それが余計得体が知れない、と失礼なことを友人に告げられる。だが「喜怒哀楽」というふうに言われてみると、塚森は無表情と笑顔の割合がとても多いかもしれない。

「取り敢えず、移動しよう。次の店はもう席取っておいてもらってるから」

「それならそうと電話してくれればよかったのに」

「したんだよ」

どうやら丁度、いざこざが起きているときに連絡をくれていたらしい。タイミングの悪い男だな、と稲葉に言ったら強めに小突かれた。

移動したのはそこから五分ほど歩いた場所にあるダイニングバーだった。

店の奥の大きなテレビ画面には、リアルタイムで行われているサッカーの試合が映し出されている。ゲイバーだと言われなければわからないような、とても入りやすい雰囲気の、至って普通のスポーツバーだ。

広めの店内にあるテーブル席は全て埋まっていたが、カウンターが二席空《あ》いていて、そこには「予約席」の札が置いてあった。稲葉はその札を取って、カウンターの中にいた店長と思《おぼ》しき男性に返す。

「悪いな、神崎《かんざき》さん」

「いえいえ。ごゆっくりどうぞ」

神崎と呼ばれた彼は優しく微笑み、稲葉と塚森の前におしぼりと烏龍茶《ウーロンちゃ》を二つ出してくれた。

稲葉は烏龍茶を飲みながら、鞄からA４サイズの封筒を取り出した。

「報告書、中に入ってるから」

「ありがとう」

塚森は書類を取り出して、ほんの少し内容に目を通したが、ここでは広げないほうがいいかと判断し、しまい直す。

「……あの人はあらゆる方面で完全にシロだったぞ」

「あの人って？」

「荏原さん」

つい先程一緒にいた男の名前が出されたのに、塚森は「そう」と相槌を打つ。

実のところ、自分は彼を疑っていたのかもしれない。同時に、そうでないといいとも思っていたのだろう。相槌とともに零《こぼ》れた安堵の息に、自分でも気づいていた。

そんな感情を察したのは塚森自身だけではなく稲葉もで、したり顔でこちらを見ている。

塚森は小さく咳払《せきばら》いをした。

「ところで、さっきのビルってなにかあるのか？」

「あー……」

荏原の言い方からすると「ただゲイタウンの中に存在するビル」以上の含みがあったように思う。

稲葉は頭を掻き「有名なスポットなんだよ」と答えた。

「スポット？」

「ハッテン場、ってわかるか？　所謂、一晩だけの相手を探してる者同士が集《つど》う場所というか。……平たく言えば、あそこで男漁《あさ》りしてる奴ならほぼ確実にヤれる、くらいの」

「ハッテン……」

「あと、ウリ専もよく使ってんだ、あそこは」

「うりせん……」

反芻し、肝《きも》を冷やす。

なんというところを待ち合わせ場所にしてくれたのか。

そういうスポットとして使われているのはビルの前とエントランス部分だけで、上階に位置するバーは決して危ない場所ではなかったのだと稲葉が説明する。

「単に店主が顔見知りで、個室があるから今まで選んでただけで、他意はなかったんだ」

「……そうか」

嘘をついているわけではないだろうが、危険な目にあったので塚森には少し許しがたい。せめて説明くらいはしておいてほしかった。その前情報があれば、ビルの前ではなくすぐに別の場所へ移動してから店を探したのに。

「それより、お前、荏原さんがゲイって知ってたのか？」

「え？　そうなのか？」

「いや……だってそうだろ？　今の流れからすれば間違いなく」

言われて思い返してみれば、稲葉を詰《なじ》った様子から察するに、彼はあの場所がどういうところかもわかっていたように思う。

それに私服で来ているということは、完全にプライベートでやってきたということだ。

「ああ」

なるほど、と手を打ったら、稲葉が呆れ顔になった。

新宿二丁目付近に遊びに来ている人が皆同性愛者というわけではないし、自分がそういうつもりでこの場にいるわけではないので、咄嗟に彼がゲイだということが直結しなかったのだ。

今指摘されなければ、気が付くのはもう少し遅れたと思う。

——礼が、足りなかったな。

塚森は、同性愛者に対して偏見《へんけん》はない。ゲイであることを公言している稲葉が学生時代そばにいたせいか、特に抵抗もなかった。

歴代の恋人は概ね女性であったが、請《こ》われて男性と付き合ったこともある。だから、自分はバイセクシャルなのだろうという自覚もあった。

自身がバイで身近にゲイもいたので、世の中的にカミングアウトするということがどれだけハードルが高いのかということもわかっているつもりだ。たとえ同じ学校や職場に所属していても、この街で出会ったら声を掛け合わないということも、少なくはないのだ。

——躊躇なく、助けてくれたな。

あの場面で出てくるのは、相当なリスクがあることだっただろう。

なにより、あまり塚森のことをよく思っていなかったはずなのに、彼は助けてくれたのだ。

挙げ句、話してみて、塚森がこの界隈に詳《くわ》しくない——ゲイではないのだと、彼は知ったに違いない。

——もしかしたら、今頃すごく後悔しているかもしれないけれど。

もっときちんと、感謝の気持ちを口にすればよかったと、少し後悔した。

この街を出たら、多分もう彼に先程の件で「ありがとう」は言えない。


その後、互いにあの日のことを口にすることはなかった。

毎日会議室で顔を合わせ、意見をかわすだけだ。

——気まずいような、気まずくないような。

微妙なところだ、と塚森も思うものの、仕事に支障はないので取り敢えず問題は脇に置いておくことにした。今は、片付けなければならない社内的問題や経営的課題のほうが重要事である。

そう思う一方で、優先順位を下げたのにどうも気にかかってしまうのが厄介《やっかい》だ。荏原《えばら》と視線がぶつかりそうになると、どぎまぎしてしまう。

この日、定例会議を終えて、塚森《つかもり》はすぐに席を立った。

「専務、もうお帰りですか」

小宮《こみや》の問いかけに、塚森はいや、と頭を振る。

「工場に寄ってから帰るよ」

「今からですか？」

「ちょっと確認することがあるだけだから」

残っている社員に「お疲れ」と挨拶をして、塚森は事務棟を出て車に乗り工場へと移動する。既に工場には夜勤組の姿があり、塚森は日次レポートなどに目を通しつつ新旧の機械の様子を確認して、建屋《たてや》を出た。

——あれ？　電気が点いてる。

運転席のドアを開けたタイミングで、ちょうど目の前に位置している工場脇の古い倉庫の電気が点いていることに気がついた。夜勤組は使わない倉庫なので、消し忘れたのかもしれない。車のドアを一旦閉めて、塚森は倉庫を覗いた。

「おーい、誰かいますか？」

呼びかけてみるが、返事も人の気配もない。一応中を確認して誰もいないようだったら消灯しようと足を踏み入れる。古く、埃《ほこり》っぽい倉庫の中に進み、もう一度「誰かいますか」と声をかける。

――あれ？

自分の声と重なって、音がした。やっぱり人がいるのだろうかと奥へ進む。

けれど結局、倉庫の中には誰もおらず、塚森は倉庫の電気を消して金属製の重い引き扉に手をかけた。

――……俺、閉めたっけ？

嫌な予感がして、取っ手に手をかける。がこん、とドアが振動したものの、開かない。

「嘘だろ……」

慌てて扉を動かしてみるが、外側から鍵がかかっているようだ。

――参ったな。

塚森と同様、倉庫が開いていることに気づいた誰かが外鍵を閉めてしまったのかもしれない。一応扉を叩いてみながら、塚森は携帯電話を胸ポケットから取り出す。幸い、電波は届いていた。

――稲葉、今日来てるかな。

足で扉を軽く蹴り続けながら、小言を言われるのを覚悟しつつ稲葉の番号にかける。だが電話がかかるより早く、鍵の開く音がした。

「――うわっ！」

扉の隙間から人影が見え、塚森は思わず大声を上げる。目を凝《こ》らしてみると、そこに立っていたのは見覚えのある人物だった。

「荏原さん……？」

荏原だとわかって、ほっと胸を撫で下ろした。安堵の気持ちと気まずい気持ちの両方に襲われたものの、前者のほうが勝る。

とはいえ、助かったことは有り難いが、その相手が荏原とは、少々間が悪い。塚森は稲葉にかけていた電話を切る。

「なにしてるんですかこんなところで」

「電気が点いていたから、消そうと思って……」

はあ、と荏原は大きな溜息を吐《つ》く。

「ここ閉めたでしょう、専務。これ癖がついてて風とかで簡単に閉まるんで、普段入るときは開けっ放しで入るんですよ」

「そうなんだ」

塚森を外に出してから、ほら、と荏原がやってみせてくれる。南京錠で施錠《せじょう》するタイプの古い扉を軽く勢いをつけて閉めると、錆《さ》びた掛け金が勝手にかかった。

「押し戸ならこれでも開くんですけど、引き戸なんでね、ここ」

「はあ、なるほど……」

鍵を閉められたと早とちりしてしまったようだ。習慣で、倉庫に入るときに無意識に扉を閉めてしまったのかもしれない。

少々自意識過剰《かじょう》だったかな、と項を掻く。

そして、勘違いだったことに思った以上に安堵していることに気がついた。図太い性格だという自覚はあったが、流石に第三者に狙われつづけているという状況に疲弊《ひへい》していたのかもしれない。

「ところで、どうしてここに?」

「あなたが単独行動をしていると聞いたから説教してやろうかと思って」

「……えっ」

一体誰がそんな、と頬を引きつらせたら、荏原が喉を鳴らして笑った。

「嘘ですよ。先程、機械のレストア用の部品を頼んでいるところから連絡があったので、その報告です。小宮から工場に行ったと聞いたので」

言いながら、荏原は携帯電話で見積もり書の画像を開いてみせた。

「あ……そう」

ほっとする一方で、なんだか肩透かしを食った気分も味わった。もやもやとした気持ちになりながら、荏原を見やる。そんな塚森の顔をじいっと見つめて、荏原はもう一度「嘘です」と言った。

「嘘?」

「ええ。本当は見積もりの件のほうが、あなたを追いかけたついでです。小宮に、専務が一人で工場へ行ったと聞いたから一応様子を見に来たんですよ。この連絡は、その途中で来ました」

そもそも、見積もりを見せるだけのつもりなら印刷をするかアプリで送る、と荏原が言う。なんでいちいち遠回しに嘘をついたのか、と訊ねようとしたが、荏原の真っ直ぐな視線に気圧《けお》されて口を噤んだ。

荏原が、自分の顔を観察しているような気がして居心地が悪い。

「……なに？」

「専務、意外と顔色変わるんですね」

「一体なんの話をしているのかわからない」

紛《まぎ》れもなく揶揄われている気がする。荏原はなにがおかしいのか、また笑った。

「さっき、すごいビビってたでしょう」

「別に。……それより、見積もり見せてくれ」

「はい、じゃあ車の中で」

駐車スペースには、塚森と荏原が運転してきた社用車が二台置いてある。

一方の車に乗り込み、荏原がルームライトを点けた。そして、携帯電話で、先方から送られてきたという見積もり書を出す。

それを一読して塚森は驚いた。

「……これ、本当?」

「粘って交渉しました」

そこに並んでいる数字は、当初塚森が見せてもらったものよりもぐっと値段が下げられていた。

最初に渡されたものはまったく勉強していない状態であるとは聞いていたものの、特注品であるし、あまり値が下がることを期待してはいなかったのだ。

にも拘《かか》わらず提示されていた額面は、かなり安い。

「すごい、どうやって?」

「営業ですので、そこは……。もっとも、色々条件はあるんですけどね」

見積もり書にはそれらが色々と記載されており、だがすべて飲んだとしても美味《おい》しい条件だ。

「条件面のほうもまだ交渉しますよ。やりすぎない程度に」

もうその匙《さじ》加減は彼らに任せたほうがいいのだろう。見積もり書を注視したままうんうんと頷く。

「すごいな、流石我が社の営業のトップだ……売るのだけじゃなくて買うのも上手い……」

思わず、賛辞が溢《あふ》れる。それくらい塚森は感心してしまった。

「凄《すご》いでしょう?」

珍しく得意げな様子の茬原に今までにはなかった気安さを感じ、塚森は満面の笑みで頷いた。

「ああ、褒美《ほうび》をなんでもあげたいくらいだ」

浮かれて軽口を叩いた塚森に、荏原が鞄を探っていた手を止める。

「ご褒美？」

うん、と頷きかけ、はっとして顔を上げる。

妙に上からものを言うような表現をしてしまった。まるで、子供やペットに言うような言い方だったかもしれない。

じいっと睨むように荏原から見つめられ、塚森は思わず体を後ろに引く。

「す、すまない。そういう意味ではなく」

特別賞与や臨時ボーナスという意味で言ったのであり、馬鹿にしようだとかそういうつもりはなかったのだ。

「そういう意味って？」

言い訳をしようとした塚森の顎を、荏原が摑む。

「っ……」

塚森が咄嗟に身を引いたのと荏原が身を寄せたのはほぼ同時で、塚森は勢い余ってドアトリムに背を打つ。

そして塚森が体勢を立て直すより早く、荏原の両腕が塚森を逃さぬように囲ってきた。

「荏、原――」

「じゃあ、キスさせろよ」

「キス……？」

じゃあ、という言葉の前後がつながらないような気がする。

無表情のまま塚森が混乱していると、荏原の顔が近づいてきた。

「ご褒美、くれるんだろ」

そういう意味じゃない――もう一度そう反駁《はんばく》しようとしたのに、荏原に口を塞《ふさ》がれた。

「ん……っ」

ごと、とシートに携帯電話の落ちる音がする。

唇を舌で舐《な》められて、ひくりと塚森の喉が鳴った。だが、そのまま深まっていくのかと思われたキスは、すぐに離れた。

――え……？　えっ？

状況が飲み込めずにいる塚森の顔を、荏原が至近距離で見つめてくる。

互いの鼻先が、ぶつかる。まつげに縁取《ふちど》られた荏原の目が、ゆっくり細められた。

「……あんたも、顔が赤くなったりするんだな」

頬を、荏原の指の背が撫でる。

当たり前だと返したいのに、声が出ない。シートからずるりとずり落ちそうになった塚森の体を荏原の腕が支える。

塚森はなにも言い返すことができないまま、今度は深く、唇を塞がれた。

荏原《えばら》の主導のもとレストアし終えた機械が稼働し始めたのは、秋も終わる頃だった。部品の納期にばらつきがあったため、予想より日程が後ろへとずれこんだのだ。

だが納期に時間がかかったことを逆手《さかて》にとるように、小宮《こみや》や設備課の熟練《じゅくれん》の技術者たちがレトロフィット——機能改造や部品更新《こうしん》を行ってくれた。それにより機械の性能面だけでなく、生産性や保守性が向上したという報告が上がっている。

当初打ち出していた経営計画のひとつが前倒しで達成できたのは、彼らの尽力《じんりょく》によるところが大きい。

そのこともあり、この冬、半期に一度授与される社長賞を受賞したのは製造部設備課だった。

「見て見て荏原さーん」

「はいはい、見てる見てる」

社員寮近くの居酒屋で、小宮は金一封がわりとして配られたプリペイドカードを荏原に自慢していた。

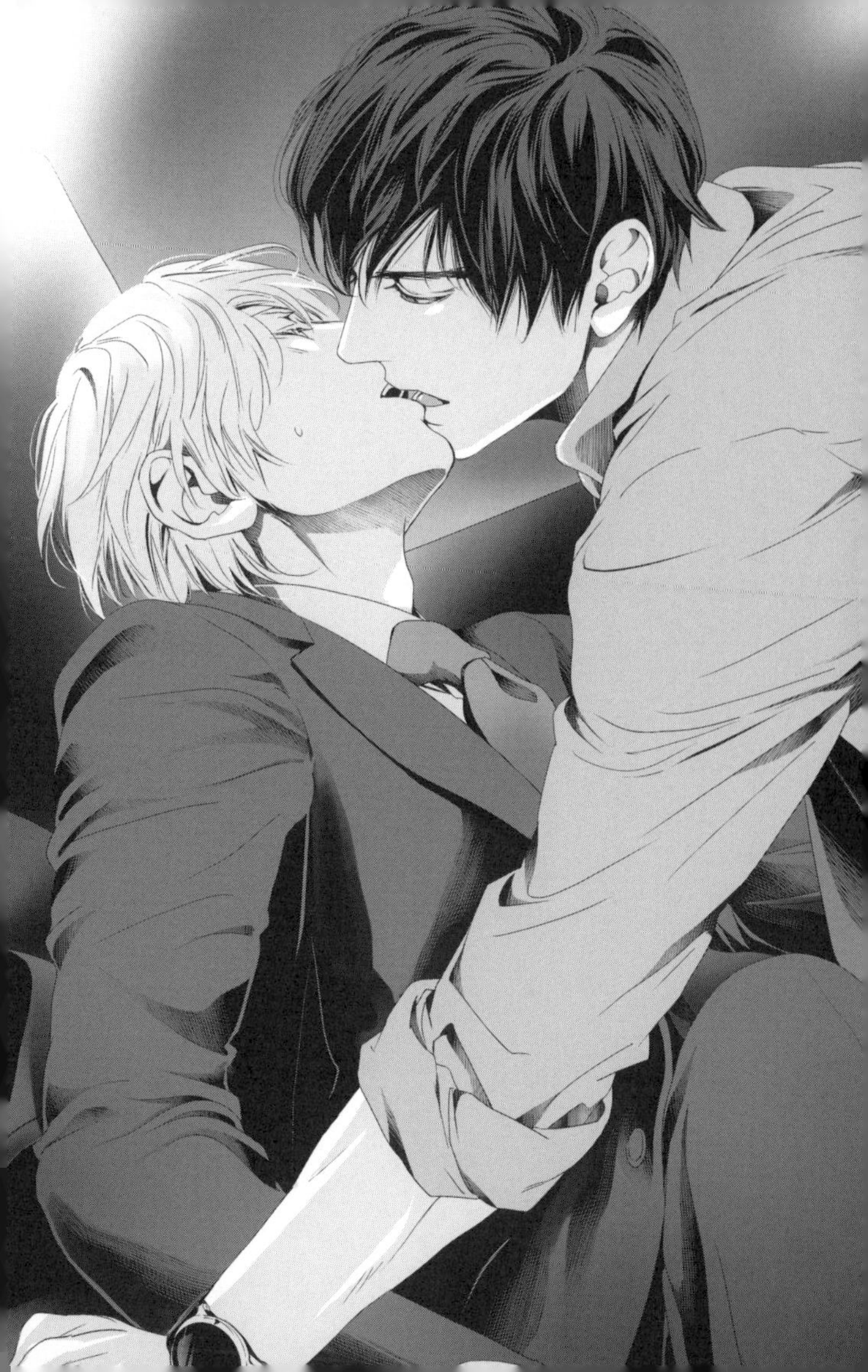

会社再建計画のために立ち上げたチームは、残り半年ほどで解散が決まっているものの一種の連帯感のようなものが生まれている。毎日数時間、必ず顔を合わせて意見を交換し合うので当然とも言えた。今日は、そのうちの数名で飲み会が行われ、塚森《つかもり》も誘われたのだ。

「社長賞！　金券！」

「はいはい、よかったな」

三柏紡績《みつがしわぼうせき》では、社長賞は商品券やプリペイドカードで支給される。額面は、部署全体に贈られる場合は一人あたり三万円前後、表彰されるのが一名の場合は十万円ほどだという。

「悔《くや》しい？　悔しい？　羨ましい？」

「はいはい、悔しい悔しい。……小宮お前、めちゃくちゃ酔《よ》ってんな？」

「酔ってるんじゃなくてご機嫌なんでーす」

そう言いながら、きゃっきゃとはしゃぐ小宮に、荏原は仕方がないなというように苦笑している。

それを微笑ましく眺めながらも、塚森の胸にはもやもやしたものが滞留していた。正直なところ、最近時折訪れるその蟠《わだかま》りを、塚森は持て余している。

誤魔化すようにビールグラスに口を付けると、荏原と目が合った。

――あ。

ぱっと目を逸らしそうになり、けれどそんな行動を取ったらなんだかおかしな空気になるような気がして、塚森は堪《こら》える。

無言のままじっと見つめていると、荏原が席を立った。

「あっ、荏原さんどこ行くんです〜?」

「お酌《しゃく》」

寄りかかるようにしがみついていた小宮から離れ、荏原は塚森の隣に移動してくる。一瞬腰が引けそうになりながらも、逃げるわけにもいかずに、塚森はただ彼の動きを視線で追った。

「専務、お疲れ様でした」

「……はい。そちらもお疲れ様です」

ビール瓶《びん》を差し出されて、口をつけていたガラスがとっくに空《から》になっていたことに——それに気が付かないほど気もそぞろだった己を自覚させられた。

荏原はそれを指摘せず、にっこりと笑いかけてくる。塚森も笑みを返した。

「社長賞、残念でしたね」

そんな言葉を切り出した塚森に、荏原はビールを注いでくれながら「まあ、そうですね」と言う。

「でも、納得はしてますよ。俺たちだけじゃなくて皆」

かちん、と軽くグラスの縁に瓶の注ぎ口を当て、荏原は手を引いた。

「評価体制が変わったんだってのが、実感できたんじゃないんですかね」

「別にそういう狙いがあったわけじゃないけど、不満がないのならよかった」

以前聞いたところによれば、過去の社長賞はほとんど「営業トップに贈られる賞」というものだったらしい。時折、ヒット商品を売り出した開発部や、テレビコマーシャルなどの評判がよくて広報部の社員などが受賞することもあったが、概ね「営業部トップ賞」という色が強かったという。

他部署にとっては、半期に一度行われる授与式も「どうせ自分たちには関係ないのに」と無関心で、退屈なものだったようだ。

今回は再建計画のもと、現時点でほぼ唯一目標達成がかなっている「収益体質の強化」という面において、設備課が評価された。副社長賞は製造部全体が表彰されている。

「営業面で尽力してくれた荏原さんに、という話もあったんだけど……」

「ああ、いいですよそこは別に。本業のほうの営業部としては、進捗《しんちょく》に遅れがありますからね」

当然といえば当然ですから、と荏原が笑う。

今期の営業部は成長戦略――海外、主にアジア地域向けの拡販や、新製品の拡販において結果が振るわなかった。それでも今までなら「その中でもトップの営業社員」に金一封が贈られていたという。

「報告書を見なくても、拡販がうまく行ってるとは言い難いですから」

「そうは言うけど、それでも不満が出るのではないかと危惧《きぐ》していたから――」

トップである荏原がこのようなスタンスなので助かる、と言おうとして口を噤む。テーブルの下、荏原の指先が触れてきたからだ。

一瞬息を詰めた塚森に対し、荏原はしれっとした表情で酒を飲んでいる。なにをしているんだと言いたい気持ちもある一方で、動揺を見せるのも癪《しゃく》で、塚森は触れ合った手を引かずに平静を装ったまま会話を続けた。

それでも、触れた箇所から、じわじわと熱が体に広がっていくような気がする。

——息、うまくできているだろうか。

整えるように、小さく息を吐いてグラスを口に運ぶ。舌先に感じる苦味に、荏原の舌の苦さを思い出して、塚森はますます動揺した。

初めて荏原とキスをしたのは、まだ機械を導入する前のことだ。ご褒美をくれ、と言った彼に、見積もり書と引き換えに唇を奪われた。

——いや、奪われた、というのも正しくはないか。

塚森は、逃げなかった。

逃げようと思えば逃げられたたし、セクハラだと訴《うった》えることもできるのに、抵抗もせずにただ荏原の唇を受け入れてしまったのだ。

一方の荏原は「ご褒美」を受け取ったあと、すぐに仕事へ戻ってしまった。そして、その一回限りで、今日に至るまで彼とそれ以上の深い接触はない。

ただ、荏原は時折こうして塚森に触れてくるようになった。塚森は不意打ちの接触に驚きながらも、逃げることはない。

——逃げたら……なんだか、負けたような気分になるから。

かといって真っ向から受けることもせずに、こんな風に互いに視線を外しながら触れたままでいる。そのたびに、罪悪感や背徳感にも似た、言いようのない落ち着かなさを覚えるのだ。

「——あ、やらしいことしてる」

唐突に割って入ってきた科白に、塚森は内心激しく動揺しながら、テーブルの下で触れ合っていた手をずらした。

発言者は対面に座っていた小宮で、彼のインパクトのある科白に、にわかに周囲の視線が塚森と荏原へと向く。激しく狼狽える塚森の傍らで、荏原は微塵も動じることなく苦笑しながらビールグラスを口に運んだ。

「やらしいことってなんだよ」

「二人でこそこそ喋ってるんだもん。やらしいじゃないですか～、やらしいのはいけないと思います！」

こっそり指先が触れ合っているのを気づかれたわけではないらしいことに、ほっとする。そんな塚森を、荏原は触れ合っていたほうの指先で指した。

「ほら見てみろ、専務がなんのことかわからなくてリアクションしてねえぞ」

荏原の返しに、周囲から笑いが漏れた。

役者だ、と感心すると同時にちょっとむっとする。

小宮は頬を膨《ふく》らませ、荏原と塚森の間に割って入った。そして、双方の腕に、己の腕を絡める。相変わらず人懐《ひとなつ》っこい彼に、塚森は頬を緩めた。

「専務もたまには慌てて否定とかしてくださいよー」

「……あはは」

先日、友人の稲葉《いなば》に喜怒哀楽がわかりにくいというようなことを言われたが、そんな自分の表情筋に感謝する。

リアクションをしていないわけではなく、ただ顔に出ていないだけで、これでもとてつもなく惑乱しているのだ。

「ていうか、こそこそなんてしてねえよ。社長賞の件だ。それで皆が体制の変化が感じ取れたって話だよ」

「あー」

小宮がうんうん、と頷く。

「先輩とか部長とかなんて、金一封もらってみーんな『塚森専務派になるー！』とか言ってましたよ。調子いいんだから」

「本当？　よかった、金のばらまきとか言われなくて」

「まあそれはそれ、これはこれっすよ」

小宮の返しに、実際言っていた社員もいるのだろうなと思う一方で、そのほうが自然だとも感じる。勿論《もちろん》、単に功績があったから授与された社長賞であり、上層部の人気取りということではないのだが、社員がそう感じてもおかしくはない。

——こういう考えが冷めてるってことなのかな。

実際、塚森は社員の評価はさほど気になってはいない。自分にはやるべきことがあるので、一個人の好悪のことなど本来は度外視するところだ。

ふいに、塚森は顔を上げる。小宮の頭越しに荏原と視線が交わり、慌てて逸らした。

「でも、大丈夫だったんですか、本当に」

「え、なにが?」

「揉《も》めたんでしょ、機械の件」

「あー……」

本来は先に一台のみ導入していた機械と同機種のものが、古い機械と総入れ替えになる予定だった。それを、荏原の営業と塚森の主導で、既存の機械の保全修理、改修、という方向に路線を変更させたのだ。

「揉めてはいないかな……うん」

当然のことながら、購入を控えるという通達に新機種のメーカー方の反応は芳《かんば》しくなかった。

約束が違う、ということであったので、塚森が直接の話し合いの場も設けた。

約束を反故にされ、怒り心頭といった様子で乗り込んで来たメーカー側だったが、荏原や小宮たち、そして稲葉の用意してくれた資料を片手に説明をしていったら次第に勢いがなくなっていった。

「そもそも、公称値と乖離《かいり》があるのはまずいでしょう。車の燃費じゃないんだから」

「そうだよねー、あれはひどかったもん」

うんうん、と製造部の面子が頷く。

現在導入済みの機械は一台だけなので、他の機械を平常よりも多く稼働させることで帳尻を合わせていたが、今ある機械と全て入れ替えたら工場が回らなくなってしまうのは明白だった。

決定打は「複数台を購入することを前提にした値引き」というのが契約書のどこにも記載されていなかったことに尽きる。

当該メーカーとの仕事は初めてではないし、当時の上役がどのような仕事ぶりだったのかというところを今更《いまさら》穿《ほじく》り返《かえ》す気はないが、非常になあなあの関係であったのが見て取れた。古く大きな組織ではよくあることだが、頭が前時代的なまま仕事をされては困る。

あくまで口約束でしかないという状況だったので、あちらもそこを突かれれば当然強くは出られない。

「説明をしたらご納得頂けたので、その日は穏便にお引き取り願ったよ」

そう言ってにっこりと笑うと、小宮と荏原は微《かす》かに身を引いた。二人のリアクションの意味がわからず首を傾げれば、「怖っ……」と不可解なことを言われる。

「なにが怖いの」

「笑顔が」

一応対外的には「素敵な笑顔ですね」と評されることも多いのに、心外である。

「――さてと、じゃあ私はここでそろそろ失礼させていただきますね」

そう言って塚森が席を立つと、周囲から「えー」という声が上がった。小宮がズボンの裾を引っ張ってくる。

「専務、帰っちゃうんですかー」

「上司がいたら気兼ねなくってわけにもいかないでしょう。だから、失礼しますよ」

そんなことないのに、と本気なのか遠慮《えんりょ》なのかわからないが、テーブル周辺の社員も言ってくれる。ありがたい話だなと思いながら、塚森は座敷を降りた。

店主に数枚の万札を渡し、よろしくお願いします、と言って店を出る。

――……やっぱり、タクシー呼ぶかな。

駅まで歩いて帰ろうか少し迷っていたので店を出たが、暗い道を前にタクシーを呼ぶことにする。携帯電話を手に取ると、一度は閉めた店の扉が開いた。

「お疲れ様です、専務」

「……お疲れ様です」

登場したのは、咥え煙草の荏原だ。彼は軒先《のきさき》で煙草に火を点ける。空に向かってふっと煙を吐き出し、それから塚森を見た。

「駅まで歩いて帰る気ですか？」

何気ない問いかけなのに彼の声音に圧を感じ、塚森は頭を振った。

「いや、今タクシー呼んだところで」

「そうですか」

やはり興味がなさそうに言って、荏原が紫煙を吐く。その煙越しに、視線が合った。

自分の心臓が、小さく跳ねた気がする。

「もう既にいない人たちのした契約とは言え、よかったんですか、本当に。また恨み買ったりとかしませんか」

「恨みを買うのは慣れてるよ」

笑って言えば、荏原は鼻の頭に皺を寄せた。

せっかく心配してくれた相手に誤魔化すのもよくないかと、塚森は言い直す。

「本当に、大丈夫。会社が不利益を被ることもないよ。ただ突っぱねただけじゃないので。……そもそも我が社の状況を見て、三台も新規で購入っていうのが現実的じゃないだろう？」

「まあ、それは確かに」

会社が低採算事業の整理やノンコア部署の縮小などをしている現状で、まだ使用可能な機械を総入れ替えするというのがどだい無茶な話だったのだ。だから塚森が三柏紡績に呼ばれているわけで、その説明もさせてもらった。

加えて、現在の機械の保守点検整備についての諸々《もろもろ》や、今後の新機種導入の際は再び検討するという話はしてある。あちらがそれをどう思うのかはわからないが。

「お金がありません、っていうのはいいカードだよね。うちが余裕がないっていうのは世間的にも認知されてるし、それを言われたら口約束しただろ、買え、とは言いにくいし」

「我が社の台所事情を聞けば引いてくれる、っていうのもちょっと悲しい話ですけどね」

それもそうだと肯定したら、荏原が小さく笑う。釣られて笑い、荏原がじっとこちらを見ているのに気づいた。

――また。

荏原は、時折――初めてキスをした頃から、塚森のことを射抜くような目で見つめてくる。物も言わずに、ただ塚森の体の輪郭《りんかく》をなぞるような視線だ。

――それとも、俺が意識しすぎなんだろうか。

こちらが荏原の目線に気づいても、彼は逸らさない。気まずいと思っているのは塚森ばかりで、荏原には含みがないのかもしれなかった。

自分だけが一方的に意識していると知るのは恥ずかしい。肌がざわつく。

「っ——」

すっと手が伸びてきて、荏原の指先が塚森の頬に触れた。思わず体を引くと、荏原は自分の目の下を指差す。

「睫毛《まつげ》、ついてましたよ」

「あ……、ありがとう」

平静を装って、塚森は触れられた箇所を拭った。変な反応をしてしまった自分に動揺する。

——早く、タクシー来てくれないかな。

塚森は顔を俯け、携帯電話を見るともなしに眺めた。


社員との面談を終えて専務室へ戻ると、椅子には見慣れた男が座っていた。パソコンのモニタの向こう側から、稲葉《いなば》が片手を挙げる。

「よ、お疲れ」

「お疲れ」

脅迫状がデスクの引き出しに置かれた一件から、外出中は一応鍵をかけるようにはしたのだが、社員証さえ持っていればこうして鍵を自由に使用することができ、侵入もたやすい。内部犯に対しては防犯的に意味がないとすぐにわかったが、念の為《ため》鍵はかけ続けていた。

――電子錠《じょう》で指紋認証とかのほうがいいのかな。

だが指紋認証にしたとしても、目の前にいる友人ならその気になれば電気系統をいじって入ってきそうだ。

いろいろ考えていると稲葉が怪訝《けげん》そうに顔を上げたので、塚森《つかもり》は頭を振った。

塚森は専務室備え付けのコーヒーメーカーで、紙カップのコーヒーを入れる。カタカタと物凄いスピードでキーボードを打鍵《だけん》している稲葉の前に、ひとつ置いた。

「お、ありがと。……あー、煙草吸いてぇ」

ヘビースモーカーの稲葉は仕事中や考え事の最中に口寂しくなるようで、よくそんなぼやきを声にする。

聞き慣れているはずの愚痴《ぐち》なのに、煙草という言葉に荏原《えばら》の顔が浮かんでしまい、塚森は小さく息を詰めた。

荏原の指先は、煙草の匂いがする。そして当然ながらその唇も――。

接触は、あの一度きりだった。けれど未《いま》だ触れ合った唇の感触を覚えていて、それを誤魔化すように紙カップを口に運ぶ。

「これを機に本数減らせば？　吸いすぎなんだよ、稲葉は」

「馬鹿言え。あれは俺のストレスの緩和剤《かんわざい》で、頭を回転させる潤滑剤《じゅんかつざい》だ」

本来逆のはずではと煙草を吸わない塚森は思うのだが、愛煙家というのはそういうものなのかもしれない。荏原も、と想像しかけて、首を振る。

ず、とコーヒーをすすりながら、稲葉が「で？」と問うた。

「首尾は？」

「……まあ、概ね解決したかな？」

先程まで行っていた「面談」には、企業の顧問弁護士、及び総務部長が同席していた。相手は、総務部の女性社員だ。

稲葉やその部下が集めた防犯カメラの記録や暴行現場の映像データ、彼女の身辺を含めた調査報告書などを携《たずさ》えて眼前に広げたら、あっさりと認めてくれた。動機はやはり、塚森主導で進めた人員整理に対する不満である。

「製造部の契約社員だった彼氏との結婚がご破産になったことによる怨恨《えんこん》、って話だったろ？彼氏が人員整理されたことと、結婚が駄目になったことの合わせ技」

「うん。まあね」

稲葉たちの報告書によれば、その彼氏も塚森への嫌がらせに加担しており、暴行の実行は概ね彼によるものだ。元関係者なので社屋の構造などは知っているし、勝手もわかっている。なにより総務の手引きがあれば、侵入はスムーズだ。マスターキーの管理は総務が行っているので、悪用しようと思えば簡単にできてしまうし、今回の場合は既に退社している彼氏の通行証も作成されていた。

暴行については、模倣犯《もほうはん》もいたため全てが彼女たちの仕業ではなかったが、該当《がいとう》する件については全て認めた。

「ご破産ったって別れたわけじゃあるまいし。男はとっとと次の仕事を探せばいいのに」

「そういう簡単な話じゃないとは思うけど、でも俺を襲っている時間を就職活動かまっとうな抗議活動にあてたほうが生産的だったよね」

今、三柏《みつがしわ》紡績は大事な時期でもあるので、関係者に刑事罰《ばつ》を与える気はない。彼氏の件も含めて内々に示談で済ませたいがどうか、と打診したところ、彼女は泣きながら頭を下げた。

「彼氏に対しては既に内容証明が送られているし、あとは弁護士さんに丸投げするよ」

そういった経緯《けいい》があり、彼女が今月付けで退社することと、彼氏に対して厳重《げんじゅう》注意を行うことで手打ちとなった。

「片付いたならよかった。――で？」

「『で？』とは？」

「お前のほうは彼氏とはどうなってんだよ」

唐突な投げかけに、塚森はコーヒーを飲みながらぐっと詰まってしまった。珍しく動揺を見せた塚森に、付き合いの長い稲葉がにやにやと笑っている。

塚森は口元を拭い、息を吐いた。

「彼氏……って、別に、荏原さんとはそういう仲じゃない」

「俺は相手が誰とは言ってないぞ」

文脈から言って荏原しかいないだろうと思いながらも、塚森は渋面を作る。意地の悪い友人は、くっくと喉を鳴らした。

「いや、まさか長い付き合いのお前の、そんな顔を見るとは思わなかった」

「……悪趣味だな」

「常に笑顔の仮面をかぶってる塚森の人間らしいところが見られるとはな」

睨んでも、稲葉はどこ吹く風で笑う。

――稲葉本人が見ていたわけではないようだけど、荏原さんにキスされたのを知られているというのは……。

付き合いが長い友人なので、非常にやりにくい。キスをされた翌日に、稲葉から「堅物《かたぶつ》のくせにオフィスラブとはやるじゃないか」とつつかれて、手に持っていた書類を床にぶちまけてしまったのは、今思い返しても恥ずかしい。

それ以来、こうして不意打ちで荏原のことを持ち出されては、にわかに動揺してしまう。塚森はこほんと咳払《せきばら》いをした。

「……別に、あれ以降なにがあるわけでもない。勿論付き合ってもいない」

「は？　お前らこの数ヵ月間なにしてたんだよ。二人きりになる機会なんてめちゃくちゃあっただろうが」

「仕事に決まっているだろう」

大体、二人きりになる機会は確かに沢山あったが、そのどれもこれもが会社関係の場ばかりだ。

確かに荏原は意味深な接触をはかってくることもあるが、それ以上のことはなにもない。

「俺たちは別にそういうのじゃないよ」

すると、ただ揶揄って面白がっていただけかと思っていた稲葉が、心底驚いたような顔をした。何故そんな反応をするのかと、塚森も不思議に思う。

「だってお前、俺は新宿《しんじゅく》でお前の彼氏だと勘違いされたとき、ぶっ殺されそうな目で見られたぞ」

「あれは……あのときは、俺が恋人に弄《もてあそ》ばれてると思って怒ってくれたからだろう。正義感の強い人みたいだから」

なにせ、最初に塚森に対して怒っていたのも、世話になった先輩が辞めさせられた、という理由だと思われるからだ。本人には訊いたことがないが。

そんなことを思い出し、小さく胸が痛む。

「お前がそう言うなら、そういうことにしてもいいけどな」

「……なんで稲葉に妥協《だきょう》されなければいけないんだ」

言い返した塚森に、稲葉が右目を眇める。そして、唇の端を上げた。

「お前はそうやってすっとぼけてるが、ああいうタイプの男が本当になにもしてねえとは俺には思えないけどな」

「ああいうタイプって……」

どういうタイプだ、と塚森は黙り込む。

「心当たり、あるだろうが」

だが、確かに稲葉の言う通り、荏原の様子が以前と違うと思うことも多い。

「暴漢に襲われているところを見られてから、以降、荏原さんの顔を見ることが多くなった……と、思う」

恐らく、彼が意図して接触してきているのだろう。気にかけてくれている、と思う場に行き当たることが多い。

仕事の最中でも仕事終わりでも、荏原は塚森の傍《そば》にやってくることが多くなった。

そして一緒にいる時間が増えたことで、必然的に今まで見えていなかった彼のことが見えてくるようにもなる。

彼の仕事好きなところや、誇《ほこ》りを持って仕事をしているところ、塚森にはない営業手腕は男の目から見ても憧《あこが》れるに値《あたい》するものだとも、思う。

「明らかに、俺を一人にしないように、気を遣ってくれていたんだと思う。……その日だけでなく、彼と一緒にいるときはそう感じることが多々ある」

先日の飲み会のときも、荏原は結局タクシーが来るまで塚森の横で煙草を吸っていた。単に煙草を吸いに来ただけとも思える場面だが、あの居酒屋は禁煙席ではなかったし、現に喫煙者は荏原を含めて飲んでいる最中にも吸っていた。

ぽつぽつと話した塚森に、稲葉が「ほらな」と頷いた。

「確かに男気はある人なんだろうけどな、それを『正義漢』で片付けるなよ。……それともただの現実逃避か?」

「稲葉。……お前のそういうところは嫌いだ」

絞り出すように言えば、稲葉は「は」と声を上げて笑った。軽く下唇を突き出し、塚森はデスクに腰掛ける。

「現実逃避、だと思うよ。稲葉の言う通り。……なんだか落ち着かないんだ」

「へえ?」

「あの目で見られると、情けない話だけど、動揺する。ネクタイを解かれて、スーツを一枚一枚、剝《は》ぎ取《と》られていくような気分にさせられる」

また、キスをされるのではないかと身構え、なにも起こらないことに安堵しながらも、取り残されたような気持ちになる——それを、見透かされているような、そんな心地だ。

心情を吐露《とろ》した塚森に、稲葉は目を丸くした。そして、低い声で笑う。

「お前、一応ヘテロ寄りなのにエロい言い方するなよ」

「エロい言い方なんてしていない。俺は真面目に言ってる」

茶化す友人を睨む。稲葉は別にふざけてないさと嘯《うそぶ》いて首を竦めた。

――なんと言うか……強引なんだ、多分。

無理強いをされるということではなく、荏原の空気が、強引に塚森を引き寄せる。有無を言わさず、抗《あらが》えないような気分にさせられるのだ。

黙って考え込んでいると、傍らの稲葉がコーヒーに口を付けながら、またしてもにやにや笑っていた。

「……なんだ、その顔」

「いや。塚森らしくなくて愉快《ゆかい》だなと思って」

愉快、という言葉に塚森は眉を寄せる。そうそれ、と稲葉が面白がって指をさした。思わず、塚森は眉間《みけん》を手で押さえる。

「お前は小さい頃からあんまりイニシアチブを取られたことがないだろ」

「そんなことはない。結構譲《ゆず》るぞ」

基本的に、塚森は我が我がという性格ではない。ここぞというときは前進するが、平素生活しているときにはどちらかといえば後方に控えている性分だ。

そう反論すれば、稲葉は顎を上向かせる。

「だから、譲るときだって『譲ってあげてる』ってスタンスだろ。外面《そとづら》よくて温和で物腰が柔らかいからそう見えてないだけであって、お前はナチュラルボーン上からなんだよ」

「……俺はそんなに嫌なやつか？」

「嫌なやつとは言ってない」

だが話だけ聞くと、すごく偉《えら》そうで嫌なやつのようだ。

「安心しろ。長い付き合いならともかく、傍《はた》から見ればちゃんと温和で優しい男だ」

「……安心できないんだけど、全然」

なにより、見る人が見ればそんなふうに感じ取られていたというのがショックだ。友人たちにはそう周知されているのかと思うと若干《じゃっかん》恥ずかしい。

「そういう、常に主導権を握るタイプだから、いざ自分より当たりの強いぐいぐい来るタイプにぶつかると狼狽するんだよ。わーっ、て」

塚森の性格はさておき、指摘されると思い当たることがあるような気がして動揺する。

確かに、男女拘わらず恋愛において荏原のように強引な人物と対峙するのは初めてかもしれない。食べて、と手を伸ばす恋人はいたが、こちらを食らいつくさんばかりのキスをしてきたのは、荏原以外にはいない。

「キスひとつが忘れられない、相手の一挙手一投足《いっきょしゅいっとうそく》に心臓が騒ぐ、なんてのはしょうがない。

初体験ってのはそういうもんだ」

「初体験……」

言葉にするととてつもない羞恥心《しゅうちしん》が襲ってきて、塚森は口元を押さえた。もう三十になるというのに、そして童貞でも初恋でもないというのに、こんなに狼狽するなんて、自分で自分が信じられない。

だが稲葉に顔を見られているのがわかって、塚森は表情を取り繕《つくろ》って息を吐く。

「……馬鹿を言うな。そんなんじゃない」

「はいはい、じゃあそういうことにしておくか」

会話をしている間もずっと手を動かしていた稲葉は、パソコンからＵＳＢメモリを外し、塚森の上着のポケットに入れた。

「塚森の恋路はともかく、これで人災系のトラブルは概ね片付いたな」

「ああ、概ねな」

「そろそろこっちも問題なさそうだし……予定通り一年契約で終了って感じか」

稲葉が椅子の背凭《せもた》れに寄りかかりながら伸びをする。

彼には主に横領《おうりょう》や不正、その他トラブルに類するものを一年かけて調査してもらってきた。

そちらのほうも、内々に済ませられることは既に片付いている。

ＵＳＢメモリの中には、それらの報告書や、外部に見られればまずいようなものが詰め込まれているのだ。

三柏紡績には、いくつかの部署に稲葉の部下が潜入《せんにゅう》している。こちらのトラブルは解消したので、近々退社となる見込みだ。

「俺も再来年……実質あと一年ちょっとで別会社に行くし、あとは平穏無事に終わって欲しいよ」

「……はあ？　また爆弾処理かよ」

爆弾処理って言い方はどうなのだろうと思いながらも言い得て妙で、塚森は苦笑する。

そもそも、今回塚森が三柏紡績に送り込まれたのも、悪化した業績を立て直すことが目的だった。

塚森主導の再建計画は今のところ順調に進んでおり、その結果を受けて「次は本社の鷹羽《たかば》で」と打診があったのだ。

ただの出世、出向という話ではなく、どうも内部的なトラブルがあるらしい。それも、とても厄介な。

「なんだそりゃ、全容はわかってるのか？」

「まあ、大体……？　ということで内示というよりほぼ確定だ。そのうちまた協力してもらえるかな？」

「うちは金さえもらえりゃ文句ねえよ」

「うん、よろしく」

「——てことは、彼氏とは早々に中距離恋愛って感じか」

稲葉の揶揄いに、塚森は言葉に詰まる。

「……だから、彼氏じゃないって」

「まあでも電車で二、三時間程度の距離なら平日だって会おうと思えば会えないこともねえしな。大した障害じゃないだろ」

「話を聞け」

とことん塚森の恋で遊ぶつもりらしい稲葉に、閉口する。本気で睨みつけると、おかしげに笑った。塚森は珍しくちょっと腹を立てたのだが、稲葉はしたり顔で「なんでそんなに腹が立つのか考えてみろよ」などと言う。

言ってろ、と返し、塚森は空になった紙カップを捨てた。

「なあ稲葉、夕飯でも一緒に食わないか」

「いいね。行くかー」

持ち込んでいた自分用のパソコンをしまい、稲葉が席を立つ。今日はまだセキュリティの作動する時刻ではないので、二人揃って廊下へ出た。専務室を施錠し、念の為鍵は鞄の中へ入れる。

「塚森、俺今日車で来たからついでにマンションまで送ってってやるよ」

「悪い、ありがとう」

いいさ、と稲葉は塚森の背を軽く叩く。

「まだ一応安心はできないからな。これで死なれちゃ寝覚めが悪い」

そう言いながら、稲葉が背伸びをする。

「不吉なことを言うなよ」

ふわりと香った煙草の香りは、やはり荏原のものと違っていて、塚森の胸を騒がせたりはしなかった。


「——今日はありがとうございました」

客先からの帰り、駅の改札口で頭を下げる荏原《えばら》と営業部長に、塚森《つかもり》は「いえ」と頭を振る。

「ご苦労様でした。……本当に、我が社の営業は優秀なんだなあと実感できて、こちらこそ感謝しています」

塚森の心からの科白に、荏原と営業部長は顔を見合わせ、そして頬を緩めた。緊張感も緩んだのだろう、二人とも声を上げて笑う。楽しげなその様子に、塚森もつられて笑んだ。

「では私はこちらで失礼します。専務は――」

営業部長の言葉に、塚森は頷く。

「私も帰ります。電車で」

「そうですか。じゃあ荏原、粗相のないように」

駅近くにマンションを借りている塚森と、社宅住まいの荏原は最寄り駅が同じだ。新宿駅からJRで乗り換えなしで着くものの、長い時間がかかるため、言い含めているのだろう。

荏原は営業スマイルを浮かべて「はい」と頷く。

深々と頭を下げて、営業部長は地下鉄の乗り場の方面へと帰っていった。その足取りは、傍から見ていても軽い。思わず笑ってしまった塚森に対して、傍らの荏原は小さく息を吐く。

「年甲斐《としがい》もなくはしゃいでんなぁ、あの人」

「しょうがないよ。まさかこんな大口の話を持ってくるとは思わなかったから」

今日は、三人で大手ハウスメーカーの本社へ出向いていた。勿論、契約を取ってきたのは荏原である。

相手が大手というだけではなく、契約自体が大きなものであったため、営業部長、そしてその上の専務である塚森も同行したのだ。

無事契約が結ばれたことで、実は再建計画の中であと一歩達成できていなかった営業部の今期の収益が、ノルマに届いた――むしろ当初の予定を大きく飛び越えた。プレッシャーを感じていたであろう営業部長がスキップせんばかりになったのも納得というところだ。

——緊張はしないけど、俺も気分は高揚《こうよう》した。

過去の成績を見て知ってはいたものの、荏原の営業手腕はやはり大したものだ。普段塚森が見ている彼は割と無愛想な面が多いが、営業モードに切り替わると別人のようになる。胡散臭くない笑顔に、わざとらしくない程度の褒め言葉、そしてフットワークの軽さと、あらゆる面での用意周到さ。なにより誠実さを前面に出したセールスが売りのようだ。

——でも「別人」って言ったら怒らせるかな。

ちらりと横を見れば、既に営業モードを終了している荏原は仏頂面になっていた。

二人で改札を通り、ちょうどやってきた電車に乗り込む。週末ではないが、電車の中は混雑していたため、密着するような恰好《かっこう》になった。

無言で向かい合う空間に落ち着かなくなり、塚森は荏原を呼ぶ。

「なあ、荏原さん」

「はい？」

至近距離で響く声に、微かに胸がざわめいた。これほど近づくのは、キスされたとき以来かもしれない、ということに気がついてそわそわする。

「——大きい契約取りすぎて怒られたって本当？」

平静を装いながら質問を投げかけたら、荏原が顔を顰めた。

「誰から聞いたんですか、それ」

「小宮くん」

荏原ファンだと公言して憚《はばか》らない後輩の名前に、荏原が息を吐く。

彼は荏原と一緒にいることも多く、荏原がいてもいなくても、他者に荏原の武勇伝を聞かせたりする。塚森はそんな小宮によく捕まってしまううちの一人だ。

「契約取ってきて怒られるって、どういう話なの？」

「……別に大した話じゃないからあんま面白くないですよ。オチもない」

曰《いわ》く、まだ入社三年目くらいの頃に一度に契約を取りすぎて現場で回しきれず、当時はまだ関係会社であった鷹羽《たかば》紡績に委託《いたく》したという話だった。

「それは……」

「全部ではなかったんですけど、当時、半分くらいですかね。鷹羽に移って。そうしたらお客様が『じゃあ最初から鷹羽のほうに頼んだほうが早いわ』って感じで……」

鷹羽が労せずに大口の顧客を得た。武勇伝には違いないが、会社にとってはあまり歓迎できる話ではなかったことは確かだ。

「若気の至りです。本当に」

本人は口にしないが、周囲の顰蹙《ひんしゅく》も買っただろう。今となっては笑い話なのだろうし、後輩の小宮から見ればすごい話かもしれないが、蒸し返されると苦い気持ちになるようだ。

「小宮くんと仲いいんだね」

まったくあいつは、とぼやく口調に、彼らの親しさが表れている気がして塚森はそう声に出す。荏原は微かに目を瞠り、息を吐いた。

「専務のほうが仲良く見えますけどね。最近、俺よりあいつと喋ってませんか」

「……そうかな？　同い年だから、気安いのかもしれないね」

同い年、と荏原が復唱する。

「そうでしたっけ。全然同い年に見えないですね」

「最近それよく言われるけど、そうかな？」

再建計画のプロジェクトチームで同い年なのは塚森と小宮だけだ。ほとんどが年上の中で、一番話しかけてくれるのも小宮である。だからこそ、荏原のいないところでも荏原の話を聞く機会が多いのだ。

そして二人で話していると、「同い年には見えない」とまるで挨拶のように言われる。

「……私はそんなに老けて見えるんだろうか？」

疑問を口にしたら、荏原は一瞬目を丸くして、小さく笑った。それから、顔を近づけてくる。

電車の中でなにがあるというわけでもないのに、塚森の心臓が大きく跳ねた。

「老けてるんじゃなくて、落ち着いて見えるんですよ」

耳元で囁く低い声に、項のあたりがざわめく。別にそんな至近距離で言わなくてもいいのにと思いながら、塚森は咄嗟に耳を手で覆った。

「そう、かな？」

思わず及び腰になってしまった己に気づいて、塚森は困惑する。荏原はなにも言わずにすっと身を引いた。

「そうですよ。あと、小宮が年の割に落ち着きがないから」

ちょっと冗談めかしていった荏原に、塚森は小さく笑う。

少々小宮をくさしたその科白に、彼らと自分との親密度の差を感じた。

友情にせよ恋愛にせよ、今まで人との関わりの中で塚森はそんな風に考えたことはない。初めての経験に戸惑って、落ち着かない。自然に笑えているか、触れ合った部分から自分の動揺が伝わってはいまいか、少々不安になった。

——早く、電車を降りたい。

逃げ出したい気持ちの一方で、身動きがとれる気もしない。相反する気持ちに襲われながら他愛《たわい》のない会話を続け、ようやく電車が自宅の最寄り駅へと到着する。

ほっとしながら改札を抜け、じゃあここで、と別れようとしたら、それより早く「専務」と声を掛けられてしまった。

「よかったら、飯でも食いませんか」

「え。……ああ、はい。そうだね」

一瞬躊躇したが、断り文句も思いつかなかったので塚森は頷いた。駅ビル内の飲食店は既に閉まっているし、特段食べたいものもなく、なんとなくいつもの居酒屋で、という流れになった。


駅前のロータリーでタクシーを拾い、社員寮近くの居酒屋で降りる。

「あ、嘘。臨時休業?」

タクシーが走り去ってしまってから、店が閉まっていることに気がついた。

「親父さん、何日か前に腰痛いって言ってたからなー……、すみません、専務」

「いや、大丈夫。えーと、どうしようか」

近隣にはコンビニかスーパーくらいしかない。食事のできるところを探し歩くのもなんだし、このまま帰っても構わないと思いつつ見ると、荏原が「うちに来ます?」と言った。

「え? うちって……」

「社員寮、すぐそこなので。酒とつまみと……うまくいけば食堂にもなにかあるかもしれないので。よろしければ」

「えーと……いいのかな?」

荏原の自宅というのは興味があったが、自分が入っていいものかどうかわからなくて塚森は逡巡《しゅんじゅん》する。

入寮者ではないというのもあるし、なによりキスをした相手の自宅へ行く、という状況はあまりよくないのではないかという意識が働いたのだ。

だが荏原はまったく他意などなさそうに「いいでしょう、別に」と言った。

「部外者じゃないし、専務なんですから問題ないですよ」

「……そうなのかな?」

大丈夫ですよ、と荏原に背中を押されて塚森は歩き出す。

居酒屋から歩いてすぐのところに、三柏《みつがしわ》紡績の独身寮はある。コンクリート造りの四階建ての白い建物で、玄関の右手に管理人室が見えた。左手には食堂があるそうだ。

――独身寮って、入るの初めてだ。こんな風になってるんだな。

大きな玄関があるせいか、少しビジネスホテルのような雰囲気があるなと思った。少々築年数が経《た》っているが、充分綺麗に保たれている。

管理人室の前に置いてある来客名簿に名前を書き、はじめての社員寮に足を踏み入れた。

一階は食堂や客室、談話室や会議室などもあり、今の時間は誰も使用していないようだ。奥へ行けば大浴場もあるという。ちょうどそちらへ向かう社員が「あ、専務」と声をあげたので、軽く会釈をしつつきょろきょろと周囲を見ていたら、先に進んでいた荏原に「こっちです」と呼ばれた。

荏原の部屋は二階の角部屋で、廊下の一番奥にある。

「……お邪魔します」

「どうぞ」

ドアを開いた瞬間に、喫煙者の部屋らしく、うっすらと煙草の匂いがした。

間取りは1Kで、トイレ、シャワー、簡易キッチンが付いている。部屋はとてもシンプルで、ベッドとテレビ、こたつ、そして書類や書籍などが綺麗に並べられた書棚があるくらいだ。

荏原はエアコンを付け、それから冷蔵庫からビールといくつかの密閉容器を持ってくるとテーブルの上に並べる。

「あ、なんか手伝う」

「いいですよ。特にやることもないんで、座っててください」

一瞬腰を浮かせたが、荏原の一言で再び腰を下ろす。正方形のこたつに正座し、再び部屋を見る。フローリングの六畳間だが、あまりものがないせいかすっきりと広く感じた。

皿と割り箸《ばし》、それから再び密閉容器を携えて、荏原は居室の戸を足で閉める。

「寒くないですか」

「いや、むしろちょっとあったかい……？」

「ああ、この部屋、南と西で二面採光なんで他の部屋よりあったかいんですよね。夏は地獄《じごく》ですけど」

「確かに冬でこれなら夏はすごそうだね」

営業部は帰りが遅くなることが多いので、大体戻るのは日没後《にちぼつご》だろうが、ドアを開けた瞬間に熱風がこもる部屋に戻るのはさぞ辛かろう。

そんな話をしながら、荏原は密閉容器の蓋《ふた》を開けていく。小さな容器には烏賊《いか》の塩辛《しおから》や漬物《つけもの》などの酒の肴《さかな》、大きめの容器にはそれぞれ常備菜やお惣菜《そうざい》が詰め込まれていた。

感心して見ている塚森の前に、荏原は箸と取り皿を置いてくれる。

「……これ、もしかして荏原さんが作ったの？」

「そうですけど」

「すごい。スーパー営業マンってこんなこともできるんだ」

「スーパー営業マンって……どういう褒め方ですか、それは」

勿論、家事能力は人それぞれだろうし、荏原がマメなのだろうが、つい妙な褒め方をしてしまう。

「これは？」

「それは……レモンと鶏《とり》もものソテー？　適当に作ったから名前は特にないです。どうぞ」

言いながら、荏原は皿に取り分けてくれた。

「あっ、ありがとう」

レモンの輪切りが乗った塩味の鶏もも肉は、さっぱりしていて美味しい。薄味なのに満足感がある。

「美味しい！」

「それはよかった。趣味なんですよ、こういう作り置きのおかず作っておくのが」

外回りが多いので、弁当は持参しない。食堂の閉まる遅い時間に帰宅することが多く、外食やコンビニ弁当などで済ませると体によくないと思い、作り始めたらそのうち趣味になったそうだ。

「荏原さん、凝《こ》り性《しょう》なんだ」

「そうかもしれないですね」

他には、煮玉子、大根のだし煮、レバーのワイン煮、小松菜ともやしのナムル、ゴボウとこんにゃくと青じその味噌炒《みそいた》め、自家製なめたけ。

どれも美味しかったので、素直に一口ごとに美味しいと褒めていたら、荏原は苦笑のような表情を作りながら缶ビールを呷《あお》った。

それぞれ箸をすすめ、酒を呷りながら、他愛のない会話を交わす。他愛ないなりになんとなく仕事の話になるのは、共通の話題だからかもしれない。

営業と広報の大喧嘩《おおげんか》だとか、製造部の班長が奥さんと喧嘩して部署の空気が悪いとか、そういう話だ。現場はそれなりに大変なのかもしれないが、それぞれ確執《かくしつ》のあるような話ではないということなので笑って聞いていられる。塚森の耳に入る話は割と深刻なものが多いのだ。

「あ、すいません。煙草、吸ってもいいですか」

「どうぞ」

どうも、と言いながら荏原は煙草をソフトケースからぽんと一本取り出して唇に挟み、ライターを手に取る。火を点けて一気に肺まで吸い込むと、天井に向かって煙を吐いた。

慣れたその様子をじっと見ていたら、荏原が視線に気付き、煙草の箱を差し出してくる。首を振って辞すと、荏原はもう一口煙草を吸って、今度も塚森にかからないように横へ吐き出した。

「専務は普段あんまり吸わないですよね？」

「そもそも喫煙者ではないので」

最近煙を口に入れたのは、まだプロジェクトが始まる前に荏原に向けて吐き出したあの一回きりだ。

互いにその件を思い出したのか、視線を交わらせたまま少々の沈黙が落ちる。

「……その節は、すみません。パワハラしました」

今更かと思いつつ謝ると、荏原はぶはっと咳《せ》き込《こ》みながら笑った。

「別にパワハラなんて思ってませんって。……あれは俺が慇懃無礼な態度を取ったせいでしょ」

「いやそれでも人の顔に煙って、駄目だよ……。立場上もだけど大人として、とてもよろしくない」

「そう？　俺は決定的にあれであんたのことが気になったけど」

「――」

なんの前触れもなく落とされた言葉に、塚森はビール缶に口を付けたまま固まった。

完全な不意打ちに、戸惑う。

ビールを嚥下《えんげ》した音がやけに大きく響き、あまりの気まずさに言葉も出なかった。

動揺を露わにした塚森に、荏原はにっと笑って煙草を咥える。塚森はむっとして、もう一口ビールを飲んだ。

「その言い方だと、それより前に気になってたみたいじゃないか」

「そうだけど」

矛盾《むじゅん》を指摘してやろうとしたのに、荏原があっさり肯定する。

「……嘘だ。君は、俺のこと嫌っていただろう?」

「嫌うって、別に俺は」

「それも嘘。——田崎《たざき》さんの件で……というか人員整理の件で、俺に腹を立てていたんだろう」

荏原は何故塚森が田崎のことを知っているのか、という顔をした。それから、恐らくプロジェクトチームの誰かから事情を聞いたのだろうとあたりをつけたらしい。

「別に、そういうわけじゃない。……いや、多少はあったかもしれないが」

「多少?」

「——多少じゃないな。すみません」

文句をまくしたててやろうと思ったのに、素直に謝った荏原に、拍子抜けする。

「俺は、というか営業は比較的他部署との接点も多いし、入社当時からの顔見知りも『整理』されたから、会社のための必要悪だとわかっていても、多少はな」

「それは、理解してる。人間だから、頭で理解できていても納得できないことがあるのは普通のことだし……。ただの他人じゃなくて、今までともに働いていた同僚なのだから、それは当然だと、思う」

容赦《ようしゃ》なくリストラされたのが同僚なら、友人なら、恋人なら、きっと塚森に対して好印象は持ちにくい。塚森に攻撃を加えてきた犯人が、リストラの対象者とその恋人であったことからも、明白だ。

ふと、そのことを思い出してある考えが過《よぎ》る。

「……田崎さんて、どんな人だったんだろう」

塚森の零したその疑問に、荏原は微かに目を瞠った。そして、それだけで意図を察したのか、彼の人となりを言いかけて一旦口を噤む。

「もしかしたら誤解しているかもしれないから先に言っておくけど、田崎さんとは別に恋愛的な関係はなかったからな?」

頭で明確に考えていたわけではない疑問に、荏原が答える。

「そうなのか」

「――でも関係がなかっただけで好意は持っていた、とかいうこともないから」

思考を先回りして回答する荏原に感心しつつ、塚森は気圧されるように頷いた。

「俺は、あんたみたいなタイプが好みなんだよ」

「っ、は?」

唐突な荏原の吐露に、缶を取り落としそうになる。

「綺麗な顔して、落ち着きがあって、物静かなタイプが好きなんだ。気が強ければもっといい。それを、組み敷きたい」

「組み敷……」

「気が強いどころか、乗り込んでくるなり改革始めやがったけどな」

塚森を評しているであろう言葉に、絶句する。

所謂「可愛さ余って憎《にく》さ百倍」というところだろうか。そんな軽口を返す余裕は、塚森にはない。

向けられる、射抜くような視線に、逃げ出したい気分に陥った。

「ガキみたいなことして、悪かった。……ただ、邪《よこしま》な目をまっすぐあんたに向けて、逃げられるのも怖かったんだ」

迫りながら言う男が、そんな殊勝《しゅしょう》な心を持ち合わせていたのだろうか。

「信じてくれなくても構わないが……普段、お綺麗だけど能面貼り付けたみたいなあんたが、俺の一言で顔色を変えたから」

言いながら、荏原は煙草の香りのする指で塚森の頬に触れた。皮膚《ひふ》一枚を撫でる指先に、背筋が痺れるように震える。

「気になるに決まってる」

つ、と唇の端に荏原の親指が這《は》う。彼の親指の腹が下唇を撫で、割って入って来るような動きを見せた。

弾《はじ》かれるように、塚森は身を離し、缶をテーブルの上に置く。正座をしていたせいで足を崩すのにほんの少し時間を要した。完全に体が逃げる前に、床についていた手を握られる。

「っ……」

大きな掌の感触に、体が動かない。鳩尾の辺りがふわっと浮くような、落ち着かない感覚に囚《とら》われて、塚森は狼狽える。

「嫌か?」

低い声に問われ、言葉が出てこない。

「あんたが嫌ならやめる」

逃げ場を与えながらも、荏原は塚森の手を強く摑んで離さない。

彼の部屋に入ってきたのは自分で、本当にそういうつもりはなかったけれど、そんな言い訳がもう通用しないことも今はわかっている。

彼にキスをされたことを忘れたわけでもないのに、部屋に上がり込んだのは自分だ。男同士だけれど、彼の恋愛対象が同性であることはわかっていたし、自分だって恋愛対象は異性ばかりではない。

――でも……、でも。

言いよどむ塚森を尻目に荏原は煙草を灰皿に置き、上体を寄せてくる。

「待っ――」

彼の意図するところがわかって、塚森は摑まれていないほうの手で荏原の体を押し返そうとした。

だがしたたかに酔っていたせいか、片腕で体を支えきれず、がくんと姿勢を崩す。

荏原が咄嗟に塚森の後頭部を支えてくれなかったら、以前缶をぶつけられたところに再びたんこぶができていたかもしれない。

「す、すまない……」

仰向《あおむ》けに見上げる形で謝罪をすると、覆いかぶさっていた荏原が片頰で笑う。塚森の項と襟《えり》足《あし》を、彼の指が優しく撫でた。たったそれだけのことなのに、体から力が抜ける。

「嫌なら無理強いはしないって言っただろ」

その言葉に、塚森は微かに唇を開閉させた。嫌なわけじゃない、けれど、肯定するにはまだ自覚と勢いが足りない。突然の色めいた空気に気持ちがついていっていないのだ。

返答を待つ荏原に、塚森は戸惑った。こちらの答えを求めているはずなのに、どうしてか主導権は彼にある。

「嫌か？」

友人の「いざ自分より当たりの強いぐいぐい来るタイプにぶつかると狼狽するんだよ」という言葉が脳裏《のうり》に蘇《よみがえ》った。

否定したいのに、体が動かない。

「嫌、では――」

ない、と声に出す前に、唇を塞がれた。

二度目のキスも、煙草とビールの味で苦い。それは、顔の角度を変えながら舌を舐められ、吸われていくうちに甘く感じてくる。

「ん、……」

絡む舌の感触が心地よく、鼻から自分でも驚くくらい甘ったるい吐息が漏れる。羞恥心を抱いている余裕はなくて、荏原とのキスに没頭《ぼっとう》した。

項を撫でていた手の指先が、塚森の耳を愛撫《あいぶ》する。そのたびに、「ん」と声が零れた。

一瞬唇が離れ、くそ、と悪態をつく声が聞こえる。いつの間にか閉じていた目を開くと、荏原が下唇を舐めながら前髪を搔き上げた。微かに息切れしながら、荏原は塚森の顎を摑んで軽く上向かせる。

「――荏原さーん！」

がちゃ、と玄関のドアの開く音とともに足音が近づいてくる。

「――!」

二人は声もなく弾かれるように身を起こした。その二秒ほど後に、キッチンと六畳間をつなぐ戸が開かれる。

立っていたのは小宮で、彼は大きく丸い瞳をぱちぱちと瞬いた。

「あ、ほんとに専務がいる。二人で飲み会? ずるい、俺も混ぜて!」

「……お前、なんだよ急に」

平静を装いながら、荏原は灰皿に置いていた煙草を手にとった。放置されていた煙草の長い灰がぽろりと落ちる。

塚森の心臓も、平常時では考えられないスピードで早鐘を打っていた。

小宮はこたつに入りながら唇を尖《とが》らせる。

「なんだよはないでしょー。専務が遊びに来てるっていうから、俺も混ざろうと思って来ちゃった」

「来ちゃった、じゃねえよ。突然ドア開けるなって」

「いつものことじゃないですか~。勝手知ったる荏原さんのお部屋だもの~」

親しげなその様子に、鼓動《こどう》は驚くほど落ち着いていき、火照《ほて》っていた体もすっと冷えていく。

「荏原さんの料理美味しいですよね」

「あ、うん。そうだね」

無邪気に話を振られて、塚森は頷く。小宮が自分より先に彼の料理を食べたことがあるという事実に、自分でもわかるくらい笑みがぎこちなくなっていた。

「俺も食べる〜！」

「っあぁ、お前、箸持ってこいよ。俺の使うなって」

カトラリーの収納場所も知っているのだというのがその一言でわかって、本当にたったそれだけのことでしくりと胸が痛んだ。

——あれ？

胸の奥が冷え、しくしくと痛んでいるのに、腹の底から燃えるようななにかがせり上がってくる。胸を押さえて息を吐き、塚森は立ち上がった。

「専務？　どーしたんですか？」

「帰ります」

にっこりといつもどおりの笑みを浮かべ、塚森は立ち上がった。煙草を咥えて火を点ける寸前だった荏原が目を見開く。

「っちょ、専務」

「荏原さん、ごちそうさまでした。また会社で」

「帰っちゃうの、専務。残念。今度は俺とも飲みましょうね〜」

ばいばーい、と手を振る小宮に、自分は自然に笑えているだろうかと思う。踵を返す瞬間、小宮が自分の首元をトントンと指さしていたが、ジェスチャーの意図がよく解《げ》せなかったので、会釈して玄関に向かう。

靴を履《は》いてそのまままっすぐ一階へ降り、入り口を出ると、後ろから荏原が追いかけてきた。その姿を見て、腹の底の熱さがほんの少し薄れた。だが、胸の痛みが引いていかない。

「っ、専務！　送っていきますよ。ご自宅まで」

丁寧語に戻っている荏原に、塚森はゆるく頭を振る。

「大丈夫。タクシーを呼ぶから」

「専務」

「それに、さっきは言い忘れていたんだけれど、一応実行犯らしきものは既に判明していて、弁護士を通して厳重注意をしたばかりなんだ」

「……そうなんですか？」

「該当人物の名前は言えないけど。世話になったのに、話すのが遅くなって申し訳ない。片が付いたのがつい先日だったもので……」

既にそちらとは話が付いているので、もう襲われる心配はほとんどないのだと説明しても、荏原は頷かなかった。

「犯人が一人とは限らないんでしょう？　警戒は、しすぎるくらいで丁度いいんですよ。送ります」

「タクシーを呼ぶので平気です」

間髪を容《い》れずに突っぱねた塚森に、荏原が眉を寄せる。ちょっと強い言い方だったかもしれない。気まずさを抱えながら、塚森はその顔にいつものように——友人に無表情と変わらないと言われた微笑みを乗せた。

「荏原さんに面倒をかけるわけにはいかないから」

「面倒だなんて誰が言ったんですか。送らせてください、俺が心配なんだ」

「大丈夫だから本当に。気にしないで——」

「——塚森」

背後から呼びかけられ、塚森は振り返る。客用の駐車場に、スーツ姿の稲葉が立っていた。車で来たらしく、その背後には彼の持ち物である国産のクーペが停まっている。

「稲葉」

呼ぶ声に、つい安堵の声が交じった。

稲葉は三柏紡績に入ってきた当初から塚森の居場所をGPSで把握《はあく》しているので、待っていてくれたのだろう。それ自体は不思議なことではなかったが、タイミングの良さにほっとした。

「どうしたんだ？　社員寮に」

「すまん、ちょっと急ぎの話が——」

言いながら、稲葉は荏原に対して軽く会釈をする。荏原も、それに応じて会釈を返した。そして「総務部の稲葉さんでしたっけ？」と言う。

まさか稲葉が荏原に認知されているとは思わず、塚森だけでなく稲葉も瞠目した。だがすぐに面《おもて》に笑顔を貼り付ける。

「ええ。ご存知でしたか」

「先日は大変失礼しました。今年情報セキュリティ委員会にお迎えした方でしょう？　塚森専務とお知り合いだったんですね」

新宿で会ったときのことをここで口にしたのに、内心驚いた。あのときは稲葉のことを知らない様子だったが、その後で知ったのだろうか。

「縁故なんです。友人のよしみで呼んでもらって」

「ご謙遜を。うかがってますよ、とても仕事のできる方だって」

はっはっは、と笑い合う二人は和《なご》やかな様子だが、何故か塚森の肌がひりついた。それがなにかもわからないまま、「では失礼します」と稲葉が切り上げる。

荏原はもう自宅へ送るとは言い出さず、お疲れ様でした、と笑顔で言って踵を返した。

全身に纏《まと》わりついていた緊張感が解けた心地で、塚森は息を吐く。それから、稲葉の運転してきた車に乗り込んだ。

「なんか、怖い雰囲気だったな。二人とも」

「俺じゃねーよ。あっちだろ」

稲葉は顔を顰めてネクタイを緩め、シートベルトを締める。

「さすが営業というか、見てるな、人のことを」

曰く、新宿で鉢合《はちあ》わせたときは稲葉のことは知らなかったようだが、その後総務部に出入りした際に稲葉の顔を見て、新宿で会った男の記憶と合致《がっち》させたのだろうということだ。

「ところで塚森、それどうした」

「それ？」

「お前にしては珍しいな」

そう言って、稲葉は自身のネクタイの結び目を指先で叩いた。先程、小宮がしたのと似たジェスチャーだ。

首を傾げながら己の首元に手をやる。シャツの釦《ボタン》が三つも外されていて、ネクタイも引き抜く途中のように緩み、寄っていた。

「――――！」

誰が、どのシチュエーションでそんなことをしたのか思い至り、塚森は思わず襟を掻き集める。

その仕草に大体のことを悟ったらしい稲葉は「怖い怖い」と言って、塚森にＡ４サイズの封筒を渡した。「急ぎの話」というのはこれのことだろう。

「これは？」

動揺を抑えつつ問うと、稲葉は返事より先にエンジンをかけて車を走らせる。書類は一連の暴行事件に関する報告書だった。

「俺と一緒にいるときに頭に缶ぶつけられたことあっただろ？」

「あー……あれが一番痛かったな」

治るのに結構時間がかかった一件なのでよく覚えている。もう既に完治しているが、思い出して後頭部を擦《さす》った。

「あれな、どうも犯人が違うらしい」

「……そうなんだ？」

先日より示談の方向で話のついた元契約社員は、この日友人と一緒に飲み会に参加していたそうなのだ。証拠となる画像が、彼の友人のＳＮＳを含め、複数のアカウントで確認がとれたという。勿論、状況的に総務の女性社員も犯人ではない。

「脅迫状についても彼らには覚えのないものがいくつかあって……ひとつひとつ確認していったら、半分くらいは別人の手によるものだった」

予想より多い「別人」に、塚森はふむと頷く。

ふと過ったのは、荏原の懇意にしていた田崎という元社員だった。だが、なんの根拠《こんきょ》もないのですぐに打ち消す。他にも療養や長期休職が原因で退職に至った社員はいるのに、田崎に限定してしまった自分に内心で驚いていた。

「やはり別の犯人もいるってことか。……参ったな」

「参ったならもうちょっと表情に出せ」

出してるよ、と返し、腕を組む。実際、困ったことになったとは感じている。事件は解決したと思っていたが、そうでもなかったようだ。

このところ、その別にいるという犯人からのアクションがなにも起こされていなかったこともあり、概ね元契約社員の犯行だと思っていた。

――心変わりする状況になったのか、あるいは……。

考えられることは色々あったものの、予想の範囲を超えることはないので結論など出るはずもない。

「そういうわけで、今後も油断は禁物だ。帰り……日が落ちてからは一人にならないようにしろよ」

「わかった。明日からは車で通勤するよ」

幸い、マンションの駐車場は建物の地下にあり、関係者以外は入りにくい構造になっている。駐車場からは、そのまま居住階へ上がることも可能だ。

――任期が終わる前に、犯人の目星がつくだろうか。

仕事のことや顧客《こきゃく》との付き合いを考えると少々面倒だな、と塚森は息を吐く。そのためにも、次のアクションが欲しい。

だが塚森の希望とは裏腹に、犯人からの音沙汰《おとさた》はぱったりと絶えたままだった。


決算期、新年度を迎え、犯人との接触がなくなったまま時間は経過し、一方でプロジェクトは収束《しゅうそく》に向かっていた。

「あーあ、あともうちょっとしたらプロジェクトも解散かぁ……」

定例会議が終わるなり呟いた小宮《こみや》に、周囲の視線が向く。隣に座っていた荏原《えばら》が「そりゃそうだろ」と応えた。

「再建計画自体が一年計画なんだからな。一年で結果が出せようが出せまいが、解散するもんなんだってわかってたろ」

「わかってましたけどぉ」

可愛らしい顔立ちを悲しげに歪《ゆが》ませ、小宮が頬杖をつく。

塚森《つかもり》主導で始まった三柏《みつがしわ》紡績の再建計画だったが、当初予想していたよりも順調にことは進み、成果を上げていた。昨年度末の決算期を迎える頃には外部でも話題になっており、経済ニュースに取り上げられたりもした。

多少強引ではあったが、勢いのある若手のエース社員を揃えたことが功を奏し、期待していた以上の結果が出せたと言えるだろう。

これで、九月の中間決算をもってプロジェクトは恙無《つつがな》く解散の運びとなる。

「わかってるけど寂しいなって話じゃないですか。議題もどんどん減っていったし」

当初は様々な問題があったため、会議が押すこともあった。けれど最近は、抱えていた議題も手を離れ、日次報告のようなものに終始することも増えている。

そういう、日々の変化で終わりが近づいていることを、皆が悟っていた。

「こんな風に、他部署の人と交流する機会なんてあんまり多くなかったし、連携《れんけい》とれて、仕事も楽しくなったし」

小宮の意見に、まあ確かにね、という雰囲気が流れる。

営業部か製造部が音頭を取り、自由参加の飲み会が何度も開かれているが、出席率は高いようだ。塚森も今までに幾度か参加させてもらっている。それもあってか本来の再建計画にはなかった「風通しのいい社風」という方向に流れていったのもありがたかった。

「わかるわかる。一年も毎日会議してればさ、情も湧くよね」

小宮の意見に、同調したのは経理部の藤本《ふじもと》だ。

——情、か。

彼女は当初、経理はこういうプロジェクトに参加するような部署ではないのでは、と思っていたようで乗り気ではなかったらしい。その彼女が昨年末には手形決済廃止のプロジェクトを立ち上げていた。年末の飲み会の席で「社長賞狙ってます」と冗談混じりに言っていたが、きっと本気だろう。

二人に同調し始める社員たちを見て目を細めつつ、塚森は席を立った。

「あっ、専務。今日このあと飲みに行こうって話なんですけど、専務も来ませんか？」

すぐに声を掛けてきた小宮に、ごめんねと謝る。

「これからまだ仕事があるんだ」

「えー！　専務が残業⁉　最近あんましてなかったですよね、珍しい〜」

「そうなんだ。そういうわけで、今日はデスクワークを片付けたら、そのあと工場の夜勤組に挨拶して帰るよ。お疲れ様。飲み会楽しんできて」

お疲れ様でしたー、と声を揃える社員に塚森は会釈をした。視線の合った荏原に微笑みかけて、会議室を出る。

年末に荏原の部屋に行って以来、塚森は会社以外での彼との接触は避けていた。このところ、飲み会にあまり参加しなくなったのは、そのせいでもある。

専務室へと戻り、ほとんど日課となった引き出しの確認をして、席につく。

一時間半ほどでデスクワークを済ませて、荷物を持って専務室の裏口を出た。

専務室のすぐ後ろに停めていた自分の車に乗り、工場へ向かう。一通り進捗状況を確認し、夜勤組に労《ねぎら》いの言葉をかけて工場を後にした。

自分の車に戻ろうとして、駐車場近くの倉庫の入り口が開いていることに気がつく。普段、夜間には使われない工場なので、鍵どころか扉を全開にしたままなのはまずい。

一応、中に人がいないか覗き込み、「誰かいますか」と声をかける。足を踏み入れた瞬間、背後でドアが閉まった。

「――!」

真っ暗な視界の中、塚森は閉められた引き扉を開けようと動かしてみる。左右に動かしても、叩いても開かない。

「……開かないな」

ふう、と息を吐き、塚森は携帯電話を取り出して画面をタップし、懐中電灯のアプリを起動させる。倉庫の扉の横にある非常出口のシリンダーに鍵を差し込み、ドアを開けた。

扉の外で様子をうかがっていた作業着姿の人物に、塚森は声をかける。

「――小宮くん」

名前を呼ばれた人物――小宮は、非常出口から姿を見せた塚森に、驚いた顔をした。

「なにしてるの?」

微笑んで問うと、小宮はいつものようにカラッと笑う。

「専務だったんですか。扉を叩く音がしたので、誰か閉じ込められちゃったのかなって思って慌てて来たんですよ～。でも自力で出られたならよかったですね！」

無邪気に首を傾げて言う小宮に、塚森は腕を組んで苦笑した。

「うーん……そっかあ、って騙《だま》されてあげたいところなんだけど、ちょっと前に防犯カメラ増やしたんだよね」

ほら、と塚森が指をさした先には、防犯カメラが付けられている。

以前、閉じ込められたときは周辺にカメラが付いていなかったので、改めて取り付けたのだった。今回は、外からやってきた小宮が倉庫の入り口を開け、塚森が入るのを確認してから扉を締め、そして鍵をかけるところまでちゃんと映《うつ》っているはずだ。言い逃《のが》れはできない。

小宮は頭を掻き、ばれちゃった、と悪びれなく笑った。

「前回確認したときにはなかったから、油断したなあ。専務、意外と演技派なんですね。これもしかしなくても嵌《は》められたんですよね？」

問いかけに、否定も肯定もしない。

塚森は、荏原や稲葉《いなば》の言いつけを守り、ずっと一人にならないように行動してきた。なるべく明るく人目のあるうちに仕事を切り上げ、通勤には車を使う。土日も稲葉と仕事の件で出かける以外は、夜に出歩くこともしない。

そして今日は、敢えて一人になった。

社屋に人が残らない時間まで居残りをする、という旨《むね》を伝え、稼働している工場を回る。全ての工場が稼働しているわけではない中で、周辺に防犯カメラのついていなかった、入り口が全開の倉庫の中に入った。

「いつから気づいてたんですか？　それとも気づいてなくて、囮《おとり》捜査って感じで仕掛けたんですか？」

小宮のことを疑ったのは、最初に倉庫に閉じ込められたときだ。

もっとも、気がついたのは塚森ではなく、稲葉だった。助けに現れた荏原の「小宮から専務が工場に行ったと聞いた」という科白に引っかかりを覚えたらしい。

状況的に、あの時間帯に社内にいて「塚森が工場にいる」と知っていた者は小宮以外にいなかった。他の面子は、あれより前の時間に退社していることが通行証の履歴《りれき》でわかっている。

当時の夜勤組も当然、塚森が工場にいることは知っているが、作業中のため工場を出ていないことが工場内の防犯カメラで確認できた。

――外部の、第三者の可能性も勿論ゼロではないけれど。

ずっとこの件を調べていた稲葉が小宮を疑ったきっかけはそこだった。

からくも今日、本人がそれを証明してしまった、ということだ。

目星をつければ調べ物もしやすいようで、脅迫状の類から一通だけ彼の指紋《しもん》が出たものが見つけられた。

黙っている塚森に、小宮は息を吐く。そして、大股《おおまた》で歩み寄ってきた。

「――――!」

不意に、一気に距離を詰められて、咄嗟に身を離そうとしたが遅かった。

小宮は右手を伸ばして塚森の襟首を摑むと、その勢いで地面に押し倒す。背中を強く打ち、塚森は息を詰めた。

小宮は塚森の腰の上に馬乗りになり、首を押さえつける手に力を込める。辛《かろ》うじて呼吸できるもののあまりの息苦しさに塚森は反射的に小宮の手を摑んだ。

「こみ、や……っ」

「……あーあ」

疲弊したような声を落とし、小宮は作業着のポケットからアジャスタブルレンチを取り出した。襟を締める手に、更に力が込められる。

「あなたが悪いんだ」

「……っ」

微かに笑いながらそれを振り上げる小宮に、塚森は反射的に目を閉じる。

けれど、訪れたのは予想していた痛みではなかった。なにかがぶつかるような衝撃とともに、体が横転する。一体己の身になにが起きているのか判然とせず、恐る恐る瞼を開いた。

「……、専務!」

視界に飛び込んできたのは、荏原の顔だった。

目を開けた塚森に、荏原が安堵の表情を浮かべる。彼は塚森を庇うように、隠すように、上に覆いかぶさってきた。

そして、まだ状況が把握できず固まっている塚森の頭を撫でる。

「大丈夫ですか、専務。怪我は」

「は、い……」

不安や安堵、それだけではない感情が一挙に押し寄せてきて、もう小宮の手は離れているのに息苦しくてたまらなくなる。

荏原は塚森を起こしながら、再び怪我がないか確かめるように塚森の体の輪郭をぽんぽんと叩いた。

「……なんでここに？」

その疑問を口にしたのは、小宮だった。小宮は二人を見下ろしながら立ち尽くしている。

荏原は一度小宮を見て、それから塚森を見た。視線は再び小宮へ戻る。

「この人がまた一人で出歩くんじゃないかって思って、付いてきたんだよ。そうしたら」

お前が、と呟いたあと、荏原は口を噤む。

小宮は「なにそれ」と言って泣き笑いのような表情になった。

「痛っ、て……」

湿布を貼った瞬間に呻いた荏原《えばら》に、塚森《つかもり》は慌てる。

「大丈夫か？」

「ああ、うん。平気」

荏原が殴られたのは、肩甲骨《けんこうこつ》と肩の中間点あたりだ。

「やっぱり、病院に行こう？　な？」

本人が平気だと言うので病院へは行かず、塚森は社員寮の自室まで荏原を送った。途中ドラッグストアで購入してきた湿布を貼ったものの、目《ま》の当たりにした青痣《あおあざ》が非常に痛々しく、罪悪感がまた襲ってきた。

「平気だって。骨にも当たらなかったし、折れてるわけじゃない」

それは青くなった皮膚を見ていないから言えるのではないか。今は怪我をしたばかりでアドレナリンが出ているから、さほど気にならないだけで。

塚森は先程小宮《こみや》に押し倒されはしたものの、特に怪我などはしていなかった。だが、時間が経てば多少は痛むのかもしれない。

湿布の貼られた広い背中を見ながら、塚森は項垂《うなだ》れる。

「……申し訳ない」

「なんであんたが謝る。俺が勝手に割り込んだんだろ」

ワイシャツを着ながら振り返り、荏原は塚森の頬を撫でた。

あのあと、社内に待機していた稲葉や彼の部下もやってきて、小宮の身柄《みがら》を押さえた。押さえた、と言っても彼は抵抗する気などなかったようで、その後会議室へ連れて行くと割と素直に話してくれた。

どうしてこんなことを、と訊ねた塚森に、小宮は頭を掻いていつもの調子で答えた。

――荏原さんが嫌ってたから。

会社の体制の改革や、再建計画に伴《ともな》う人員整理などではなく、小宮が口にしたのはそのたった一言だ。

一方予期せぬタイミングで名前を出された荏原は、まるで心当たりがない、と戸惑っていた。

――待て小宮。俺が嫌ってた、ってのはどういう意味だ？

――荏原さん、最初専務のこと嫌ってたでしょ？　専務のやり方に他の人も不満持ってたし……まあ他の人はどうでもいいんですけど、じゃあ追い払おうかなって。

追い払おう、というには些《いささ》か暴力的すぎた攻撃を思い出し、その場の全員に困惑した空気が流れる。

レンチもそうだが、中身の入った缶をぶつけられたら、打ちどころが悪い場合は大怪我では済まないだろう。そういう考えには至らなかったのかと問うと、小宮は聞いているのかいないのかわからない表情になり、なにも答えなかった。

そして、無茶苦茶な行動原理とはいえ、己の言動が銃爪《ひきがね》になったのだと知った荏原は、複雑な顔をして絶句していた。

——途中、一旦嫌がらせをやめたよね？　あれはどうして？

塚森の問いに、通信を遮断《しゅだん》していたような反応だった小宮が、こちらに意識を合わせる。

——もしかして、他の犯人が捕まったことを知ってた？

——そうなんですか？　他の犯人がいたかどうかは知らないので、特に関連性はないです。一旦おやすみしたのは、荏原さんがあんまり専務を嫌ってるわけじゃないのかな、って思ったからですかね？

まるで他人事《ひとごと》のように言いながら、小宮は自分の唇を触った。

——じゃあ、また再開したのは？

——嫌ってないならもう別にどうでもいいっていうか関係ないけど、でも、必要以上に近づくのは駄目だなって。

やはり塚森が初めて荏原の部屋に行った日に、二人が「上司と部下」以上の空気になっていたことを、小宮は察していたそうだ。聞けば、荏原の部屋には小宮が盗聴器を設置していたようだった。荏原の部屋にやけにタイミングよく入って来たのはそういうことだったらしい。荏原は唖然としていた。

――荏原さんがいいならいいかなって。一旦はそう思ったんですけど、なんか、色々考えちゃって。やっぱり駄目だなって思……って。

そう言ったあと、小宮は顔をくしゃりと歪め、ぼろぼろと泣き出した。

――ずっと、好きでした。……ずっとずっと、荏原さんが。

呆然《ぼうぜん》とする荏原の前で、小宮はテーブルに突っ伏して泣き出してしまった。あとは弁護士を呼んでこちらで話をすすめるから、と稲葉が荏原と塚森を部屋から出してくれなかったら、どうしたらいいかわからないままだったかもしれない。

「まんまと釣られた俺が言うのもなんだが、なんであんな、おびき寄せるような真似をしたんだ?」

「ダメ押しの証拠が欲しいっていう考えもあったのだけど」

ああ、と荏原が得心したように頷く。だがそれだけではなかった。

「話がしたかったんだ。……彼は色々、助けてくれたし。仕事もできる社員だったから」

着任当初、恨まれたり遠巻きにされたりすることが多かった中で、明るく朗らかに話しかけてくれたのは小宮だった。

仕事もできて、頭の回転も早く、物怖じせずに意見も提案もしてくれる。そして提案を実現する能力もあった。

年が同じということもあったし、彼が気安くしてくれるのが、自分は恐らく嬉しかったのだろうと思う。

稲葉から「もうひとりの犯人が小宮である可能性が高い」と聞いてからも、納得する一方でまだどこか信じられずにいた。

だから、どうして君なのか、と聞きたかった。

なにか誤解があるのなら話したかったし、会社の都合もあるが彼を訴える気はそもそもなかったので、全部話してもらえればと。

「……うまく、話はできなかったけど」

こちらの質問に答えてはくれたけれど、小宮とは最後まで視線が合わなかった。

「荏原さんは平気?」

「ああ、いや。……そうだな」

水を向けられ、荏原は言い淀《よど》む。

動機は本当に「荏原が嫌っていたから」「荏原に近づいたから」ということだけだった。

塚森の社内改革についての恨みつらみに関しては一切ない、と小宮は断言した。

——それはむしろすごいと思ってたし、文句もないですよ。プロジェクトに選ばれて楽しかったし、自由に発言できたから社長賞ももらえたし。

そう言って笑う小宮はいつもの彼となんら変わらず、かえって異様な雰囲気があった。

「気づいてなかったのか？　小宮くんのこと。全然？」

「いや。そういう雰囲気は、なかったから。ただ可愛い後輩だと、そう思っていた。……稲葉さんはそうでもなかったんだな」

小宮がこちらに対する攻撃を「おやすみ」した頃に、稲葉は既に小宮に容疑の目を向けていて、同時に荏原にも若干《じゃっかん》の可能性があるとは思っていたようだ。

そんな説明をすれば、荏原は苦笑する。

「疑われてたのは、俺もなのか。……ああ、だからあの日以来、まったくこっち向いてくれなくなった？」

「……ごめん」

謝罪は肯定と同じで、あっさり認めた塚森に荏原は頭を掻く。

稲葉に少し事情を話したときに、「犯人を絞り込むから、お前はもう会社の誰とも仕事以外で接点を持つな。それと絶対に一人にならないように徹底しろ」と言われた。

焦《じ》れて、どちらかが飛び出してくるまで待てと。

人気のない時間帯には絶対に一人にならない。社内にいるときは必ず誰かと行動をともにする。

そんな中、珍しく一人になるタイミングがあれば、恐らく塚森の動向を注視している犯人はここぞとばかりにアクションを起こすだろう。そういう算段だった。

結果、今がチャンスだとばかりに小宮は攻撃をしかけ、荏原は塚森を心配して飛び出した、というわけだ。

そんな説明を聞き、荏原が顔を押さえて息を吐く。

「……嫌になったか？　冷たい人間で」

彼の好意を利用して試したことは否定できない事実だ。

微笑んで問うと、荏原は顔をあげる。右目を眇め、塚森の頬を撫でた。

「冷え切った冷たい人間なら、そんな顔しないでしょう」

「そうかな。わりと上手《じょうず》に笑ってると思うんだけど」

「感情の起伏《きふく》が表に出にくいからって、鈍《にぶ》いわけでもなければ冷たいわけでもないだろ。傷つかないわけでもない」

丁寧語を止《や》めた荏原の言葉が、塚森の胸をぎゅっと締め付ける。

いくら神経が太いと言っても、肉体的にも精神的にも、攻撃されれば疲弊する。荏原がフォローしてくれたけれど塚森はやっぱり鈍くて、心身が疲れていることにすら、あまり自覚ができないでいた。

傷ついているのだということを気づいてもらったということに、強張《こわば》っていた心がほぐれる。そんな気がした。

頬を撫でながら、荏原が上体を寄せてくる。

「荏、原――」

「黙って」

その一言で塚森の言い訳を封じ込め、荏原は唇を塞いだ。

「っ、ん」

久しぶりに重ねた唇の、触れた部分から甘い痺れが走る。キスの勢いのまま、荏原は塚森を床に押し倒した。

「なあ」

唇の隙間に、問いかけが落ちる。

「あんたを庇ったご褒美、くれよ」

最初にキスしたときと同じ言葉で荏原が請《こ》うた。

答えの代わりに微かに開いた口の中に、荏原の舌が入り込んでくる。舌を、口蓋《こうがい》を舐められて、塚森は身を震わせた。

今までの恋愛では塚森がリードすることのほうが多かった。主導権を握られることは慣れなくて、戸惑うのに気持ちいい。同じだけ舌での愛撫をし返すと、荏原も応じて、キスはもっと深くなる。

互いに、心身ともに色々あって、気が昂《たか》ぶっているのもキスの激しさの要因かもしれない。

「ん……、んっ？」

キスに没頭していたら、いつの間にかスーツのスラックスの中に手を差し込まれていて、流石に目を瞠る。

——いつの間に。

ベルトを抜き取られた覚えがまったくない。唇を合わせながら片手でベルトを外し、釦を開けていた荏原の手際の良さに感心する。

感心している場合でもないと、塚森は荏原の胸を押し返した。

「待っ、……て、くれ」

キスを解いて上げた制止の声に、荏原は下着の中にまで侵入しようとしていた手を止めてくれる。

「今日はちゃんと鍵を締めたから大丈夫だ。盗聴器もさっき一緒に探して外しただろ」

「そうじゃ、なくて。いや、それもあるけれど」

じゃあなんだとばかりに見つめられて塚森は荏原の腕の中から這い出る。

やはりいつの間にか乱されていた襟元を搔き寄せながら、動揺しきった顔に微笑みを乗せた。

「……俺が、抱かれる側なのかな？」

「根本的な質問だけど、あんた俺を抱きたいのか？」

質問に質問で返されて、塚森は言葉に詰まる。リードされているこの状況を鑑みてもそうなのだが、確かに荏原を抱くという発想はなかった。

無言で再度のしかかってきた荏原に、「でも」と声を上げる。

「……なんだよ。やっぱり駄目か？　男の経験もあるって言ってなかったか」

「そうだけど、それでもいつもは俺が抱くほうで……その、」

抱かれる側は未だに経験がない。——そう告げると、荏原が固まった。

そしてその瞳に、情欲の炎《ほのお》が灯《とも》る。

「そうか。確かに、かっこいいもんな。あんた」

「え、荏原さん……？」

「そう、初めてか」

捕食せんばかりの瞳に、塚森はこくりと唾《つば》を飲み込む。時折向けられる、荏原の視線に居心地が悪くなることがあった。それよりも、もっと強い視線に体の自由を奪われる。

荏原は硬直した塚森の肩を摑み、再度押し倒した。

「荏原さ……っ」

荏原は唇に人差し指をあて、嫣然《えんぜん》と微笑む。

「……ここ、そんなに壁が厚くないんだ」

静かにな、と告げられて、塚森は二の句が継げなくなってしまった。

「っ……、ぅ……」

口を押さえ、塚森はそれでも漏れる声を唇を噛んで堪えた。

荏原の部屋の中には、塚森の乱れる息の音と、淫《みだ》らな水音が響く。下着ごと脱がされた塚森の脚の間に、荏原の頭があった。

じゅ、と音を立てて荏原に性器を吸われ、塚森は背を丸める。荏原の頭を両腕で抱えるようにしながら「もういい」と告げた。

「もう……、やめてくれ」

「何故?」

咥えたまま喋られると舌が予測しない動きをして、堪らず唇を噛んだ。

無意識に閉じようとしていた太腿《ふともも》を開かされ、小さく息を飲む。荏原は塚森のものから口を離した。濡れて立ち上がった己の性器がいやらしくて、言葉に詰まる。

「よくないか?」

見ればわかることを問われて、答えられずに曖昧《あいまい》に首を振る。

声を上げたら周囲に聞こえてしまうと思うと落ち着かなくて、気持ちいいのに達することができなくて、苦しい。だがそれを訴えるのも羞恥が強くてできない。

荏原は笑って、塚森の腹筋のあたりを押した。背後にあった大きなクッションに、上体が沈《しず》む。

そしてまた、荏原は塚森のものを口に含んだ。口の中で転がされ、手で揉まれ、扱《しご》かれ、そのたびに声が漏れる。

「初めてじゃないだろ、口でされるの」

初めてではない。

そのはずなのに、荏原に口で奉仕されているのだと思うと、言いようもないくらいに恥ずかしく、感じてしまうのが耐えられない。

「う、く……っ」

右手の甲で口を押さえて、行き場のない左手で自分のシャツの胸元を摑む。

――下半身が溶けそうだ……。

は、と息を吐いて気持ちを逸らしていると、不意に強く先端を吸われた。

「あっ……！　あ、ぅ」

吸いながら、荏原は指で塚森の弱い部分を小刻みに擦る。強い快感に襲われて、体がびくっと跳ねた。

「……っ、……！」

両方を攻められて、塚森は声を嚙み殺しながら達する。

荏原は仰《の》け反《ぞ》った塚森の性器を吸い上げ、やっと解放してくれた。荏原の唇から零れた精液が、震える性器に落とされる気配がする。

ぐったりと弛緩《しかん》した脚を左右に開かされ、荏原が覆いかぶさってきた。首筋や鎖骨《さこつ》などにキスをしながら、荏原の濡れた指が会陰《えいん》を擦り、その後ろにある窄《すぼ》まりに押し当てられた。

吸い付くような動きをしたのが自分でもわかって、塚森は反射的に脚を閉じようとする。だが脚の間には荏原の腰があり、閉じられない。

「怖くねえから、力抜いておけ」

なにも言いようがなくて、塚森は荏原の首に両腕を回す。

荏原はすぐには指を入れず、入り口をマッサージするようにくるくると動かしていた。濡れた指で何度も周囲をなぞられた後、ようやく、指が一本入ってくる。

荏原は塚森が身を預けるクッションの横にあったシェルフに手を伸ばし、ジェルを手にとった。

「……随分《ずいぶん》、用意がよくないですか」

思わずそんな風に問うと、荏原はにっこりと営業スマイルを浮かべて、なにも言わずに誤魔化した。

荏原はジェルを掌に出して温め、塚森の腹の上に落とす。体温で温まっていたジェルの感触に、塚森は身動《みじろ》いだ。

荏原はそれを指で掬《すく》って、塚森の後ろに再び触れる。

「あっ……」

ジェルの力を借り、彼の指がぬぷんと音を立ててスムーズに入ってきてしまう。ゆっくりと、傷つけないように慎重《しんちょう》に指が中で蠢《うごめ》く。

時折ジェルを足しながら、荏原の指は奥へと入ってきた。きつく締まった中を、擦り、広げる。少し苦しいときは、体の動きで察して手を止めてくれた。

辛抱強《しんぼうづよ》く、慎重に、荏原は塚森の体を拓《ひら》いていく。

ジェルとともに、荏原の指が一本、もう一本と増やされていった。広げられる感触は不安感にも似ていて、だから埋《う》めて、塞いで欲しい、という気持ちが生まれてくる。

初めてのはずなのにそんな己に戸惑いながら、塚森は荏原の愛撫を受け入れた。

「……っん……」

やがて、荏原の指が探る箇所に、感じる部分があることが自分でもわかった。臍側《へそがわ》にある、中指を深く入れられたところだ。

さっきまでは感じていなかったのに、擦られているうちにじわじわと快感が湧き上がってくる。

触れられるだけで体が反応するようになり、塚森は無意識に腰を逃した。荏原の指は執拗《しつよう》に追ってきて、そこばかり擦る。

「あ……、っ」

もう一方の手で下腹、臍の下辺りを掌で押さえつけられながら責められて、塚森は身悶《みもだ》えた。枕《まくら》に手を回し、唇を噛む。

力の入った下腹は痛いくらいで、自分の意志とは関係なく揺れる腰が居心地悪い。

荏原の意図するところはわかったが、やはり耐えきれず、塚森は荏原のシャツを引っ張った。

「……無理、だ。もどかしくて、辛《つら》い」

「あと少しって感じだろ。もう少し頑張ってみてくれないか」

そう宥《なだ》めながら、荏原の指が感じる箇所を指の腹で掻く。射精したかと思うくらい強い刺激が腰を突き抜けたのに、案の定達することができない。

胸を喘がせながら、ぐいぐいと荏原のシャツを引く。

「無理だって、辛い……っ」

頭を振って拒《こば》むと、涙が滲《にじ》む。荏原は少々慌てた様子で、塚森の頬にキスをした。

「わかった。わかったから。……泣くなって」

「誰が泣いてるんだ」

これは生理的な涙であって、べそをかいたわけではない。

そんな訴えを起こすと、荏原はハイハイとあしらいながら、塚森の腰を抱え直した。

「あ」

身構えた塚森に、荏原が苦笑する。

「大丈夫。充分柔《やわ》らかい」

言いながら、先程まで弄《いじ》られていた場所に、熱いものが押し当てられた。

「待っ……」

「――声、我慢な」

制止の声を上げる暇《いとま》もなく、荏原のものが中に入ってくる。

腹にずしりと来るような圧迫感に思わず身を硬くしたが、一番太いところが入るとあとはスムーズだった。

「う……っく……」

ゆっくりと体を押し拓かれ、塚森は唇を噛んで堪える。

予想したより全然苦しくなくて――むしろ、指先から痺れるような感覚が広がってくるのに動揺する。

「っ……」

奥まで押し込まれ、軽く突き上げられる。塚森の上で、荏原が詰めていた息を吐いた。下唇を舐め、荏原が塚森を見下ろす。そして、目を細めて、塚森の目元を人差し指の背で拭った。

「真っ赤だ」

「……あたり、まえでしょう」

止めていた息を吐き出しがてら、震える声で言い返す。こんなときにまで顔色を変えないわけがない。

塚森の言葉に、荏原はくっと喉を鳴らして笑う。たったそれだけの刺激でも、塚森の体はびくっと跳ねた。

「最高。……たまんねえ」

いつもよりも荒い言葉遣いの呟きを落とし、荏原は塚森の唇を塞いだ。

耳の直ぐ傍で、自分の心臓の音が響いていた。寒いわけでも怖いわけでもないのに、体が小刻みに震えている気がする。

噛み付くようなキスをしながら、荏原は両腕に塚森を抱き、腰を揺すり始めた。

「……っ、……」

ゆっくりと突き上げる動きは、痛くはない。不本意なことに、苦しくもなかった。

キスで塞がれていなかったら、あられもない嬌声《きょうせい》をあげていたかもしれない。

指で目覚めさせられた敏感な部分は、荏原のもので圧迫され、擦られる。逃げようにも、荏原が動くだけで甘い痺れが毒のように体を巡《めぐ》り、塚森の自由を奪っていた。

「く、ぅ……っ」

ワイシャツに縋《すが》っていた手を解かれ、塚森はきつく閉じていた瞼を開く。

「荏原さん……?」

見下ろしていた荏原は、塚森のネクタイを解いた。シャツの釦を全て外し、あらわになった胸元に掌で触れる。親指で、塚森の胸の小さな突起に触れた。

「前から思ってたけど」

「んっ、？」

「ワイシャツの下に素肌って、エロいよな」

爪で乳首を引っかかれ、塚森は「んっ」と声を漏らす。

「……ワイシャツの下に、下着は着ないのが普通……っ」

「正式なルールはな。営業職としてはそうもいかねえんだよ」

「……荏原さんだって着てないじゃないか」

先程、湿布を貼るときに脱がせたが、荏原も肌着の類は着ていなかった。

「今日はな。夏場は速乾性のシームレスの半袖とか何枚かローテしてる」

「なるほど。……あっ」

不意打ちで腰を突き上げられて、塚森は軽くのけぞる。

「もっとも、あんたの乳首《ちくび》は小さいし色も薄いからシャツに透けたりしないんだろうな」

「っ……」

色が薄いのは少し気にしているのだが、言うと揶揄われそうな気がして黙り込む。なにより、腰の動きを再開されて、言葉が出なかった。

――そんなとこ、感じないのに。

今までの相手にいじられたこともないわけではないが、特段感じることもなかった。

だが、こうして荏原のものを受け入れ、揺さぶられながら愛撫されると、心臓が落ちつかなくてたまらない気持ちになる。そこで感じているというよりは、胸をいじられている、という事実に興奮するのかもしれなかった。

「痛くないか？　……苦しくないよな？」

スピードを上げて穿《うが》ちながら、荏原が問いかけてくる。塚森は息を震わせながら、頭を振った。

「……、い、い……」

塚森の言葉に、荏原が息を詰める気配がする。結合部の圧迫感が増したのは、多分気の所為《せい》じゃないだろう。

先程までよりも、少々荒い動作で荏原が腰を揺する。

——いい、けど……っ。

塚森は胸を喘がせながら、荏原の腕に縋った。

「……も、むり……荏原さん、……」

「……あ？」

怒っているわけではなく、荏原も余裕がないのだろう。一旦息を整えて、「どうした？」と塚森の額を撫でた。

「後ろじゃ、無理だ。……頼むから」

感じているという自覚はある。両腕に抱かれて、中を擦られるのはすごく、いい。けれど、射精ができない。性器は限界を訴えているのに出すことができなくて、下腹が張って痛いのだ。

荏原は浅い呼吸をしながら、縋りついた塚森の手を握る。それをそのまま、塚森の性器に運んだ。

「待っててやるから、自分でやりな」

「っ……！」

かあっと自分の顔だけではなく全身が真っ赤になったのがわかる。そんな塚森の様子を見て、荏原は嬉しげに笑った。

「自分で、って」

「前触んないと出せないんだろ？　いいよ」

そう唆しながら、荏原がごくごく緩やかに腰を動かす。甘すぎる刺激に腰骨のあたりがひりつくほど痺れた。

けれどこれでは今まで以上に達するに至らない。悪趣味だ、と泣きそうになりながら、塚森は震える指先で己の性器に触れた。

「っ……」

触れると火傷《やけど》するんじゃないかと思うくらい熱い性器に、反射的に手を引っ込める。震えながら首を擡《もた》げていた性器は、知らぬ間に濡れそぼっていた。擦るだけで、先端からじわりと透明な液が零れる。

——見られてる。

荏原が、塚森の挙動を余すところなく見下ろしているのがわかる。恥ずかしくて逃げ出したいほどだ。

けれど既に限界を迎えている理性では手を止めるには至らない。塚森は顔を逸らし、自分の性器を擦った。

「う……」

唇を嚙み、滅多《めった》に自慰《じい》もしないせいでぎこちなくなる手付きで愛撫する。

「っ……」

気づけば、静観していたはずの荏原は腰を揺すっていた。体を揺さぶられながら自分を慰《なぐさ》め、前後から襲ってくる快楽にぶるっと身を震わせる。

「……ん……っ！」

来そう、と思ってからは早く、十秒もしないうちに塚森は達した。

「——うっ、あ⁉」

達している塚森の体を、荏原は両腕で抱きすくめ、突き上げる。まだ絶頂感が抜けきっていないのに中を掻き回されて、塚森は声もなく悲鳴を上げた。

「……――!」

ジェルのうっすら残った腹に、荏原の腹がこすれてぬるぬるする。それが相手と溶け合うような錯覚《さっかく》を覚えさせて、塚森は息を震わせ身悶えた。

強張る塚森の体を、荏原は音が立つくらいに激しく突き上げる。荒々しい動作なのに痛くはない。

「あっ……、ぅ、う……、んっ……?」

嬌声を零しかけた塚森の唇に、荏原の掌が被さってくる。

「声。……隣に聞こえますよ」

「っ……!」

慌てて唇を噛むが、荏原は邪魔するように塚森の弱い部分を擦り上げる。塚森は混乱しながら、荏原に両腕を伸ばした。

「……声……、口、塞いで、く――」

言い終わるより早く、荏原は塚森の唇をキスで塞いだ。ただ塞いでくれればいいのに、舌を絡めて口腔《こうこう》を愛撫される。

上からも下からも蕩《とろ》かされて、塚森は必死に堪えた。

「ん……――」

一瞬、塚森の体からすうっと熱が引く。落下するような感覚に、思わず荏原の首元に縋った。

「つう、……、あ、っあ」

引き潮のあと、大きな波になって戻ってきた快楽に、目の前が真っ白になる。

ふわりと運ばれた頂きから降りて来られない。目の前にちかちかと火花が飛んで、塚森は覆いかぶさる荏原の背中に爪を立てた。

「待っ……、……って……！」

息ができない。

もうなにも出ないと思うのに、もうこれ以上登れないはずなのに、体が押し上げられる感覚が怖い。いやだ、と荏原のシャツの背中を引いたら、ひときわ強く突き上げられた。

「あ――！」

「っ……」

覆いかぶさった荏原の体がこわばり、弛緩する。もう限界だと思っていたよりもっと奥に、熱いものが満たされる感覚があった。

荏原の、荒い呼吸が遠くのほうで聞こえる。彼の背中に回していた手がずるりと滑《すべ》り、身を預けていたクッションの上に落ちた。

「声、結構出していた気がするんだが……」

失神はしなかったものの、指一本動かすことのできなかった塚森は、荏原に体を拭《ふ》かれ、ベッドに移動させられた。

甲斐甲斐しく飲み物などを飲ませてくれる荏原に甘えてうつらうつらしていたのだが、やがて熱が引くとともに我に返った。

スーツのまま致してしまったため、塚森のシャツとネクタイは皺になっているし、荏原に至ってはスラックスを汚してしまった。

脱いでからやるべきだったし、脱ぐ余裕もないくらいに夢中になっていたことが恥ずかしい。おまけに、怪我をしていた相手の背中に、思い切り爪を立ててしまった。

だがそれとは別に一番の問題があった。

壁が薄いと申告されていたのに、結構声を上げてしまっていた気がする。堪える努力はしたが、果たしてどうだったか塚森は自信がない。

「いや、別にそんな気にしなくても。俺が調子に乗っただけで」

「気にしないわけがない。申し訳ない」

「……深夜帯ってわけでもないし、大体テレビとか見てる時間だからそれほどは」

「そうとは限らない」

どちらの責任、というものでもない気がするが、ここに荏原がいられなくなったら問題だ。

どう責任を取るべきかともんもんとしていたら、荏原が小さく息を吐く。

「専務。怒らないで聞いてくれるか」

「ことと次第による」

塚森の返答に、荏原は一瞬迷う様子を見せ、それから頭を掻いた。

「実は、この社員寮は製造部が多くて」

「……ああ、そうなのか」

「隣と下のやつは今日、夜勤組——いってぇ！」

頭で考えるより先に、咄嗟に手が出てしまった。咄嗟だったので、塚森の拳は荏原の左肩に命中する。青痣の出来ていたところは避けたとは思うが、相当響いたのだろう。荏原が肩を押さえて身悶える。

「っ、怒らないで聞けって言っただろ」

「ことと次第によると言った。……なんか、久しぶりに怒った」

温和が過ぎて鈍いとさえ言われる塚森は、むっとすることくらいはあっても、ちゃんと怒った記憶自体があまりない。最後にこんな風に怒ったのはいつだったろうか、というくらいだ。

怒っていると言っているのに、荏原は嬉しげに笑っている。睨みつけると、「悪かったって」と言いながら塚森の頬を撫でた。

「……怒っているんだけど」

「ああ、だから悪かった。……でもちょっと興奮しただろ。——いってえ！　グーはやめろ、グーは！」

「久しぶりに怒ったから、感覚がつかめないな」

意外に凶暴《きょうぼう》な気分になるものだと冗談めかして言い、塚森は笑う。荏原もつられて笑い出した。

不意に荏原が覆いかぶさってきて、キスをする。塚森も応えて、瞼を閉じた。

どちらからともなく唇が離れ、顔を見合わせてもう一度笑う。

「……今日は勢いで押し倒したが、次はちゃんとホテル取ろうか」

「俺の部屋でもいいけど、確かにここはちょっと……」

なにせ社員寮だし、と塚森も反省する。

「でもよかった」

「なにが？」

「部下……というか、会社関係者とこうなるのはまずい、とか言われそうだと思ってたからな」

「え、それはないよ」

社内恋愛も社内結婚もよく聞く話だし、いまの三柏《みつがしわ》紡績では認められていないが、大昔は「部長の娘を娶《めと》って昇進」などという手段もあったほどだ。

——ああ、でも男性同士だとそうもいかないのかな。

かえって、カミングアウトなどをしていない場合は、身近にいない者同士のほうがリスクがないのかもしれない。

「社内恋愛自体は別にまずくはないけど、じゃあちょうどよかったかも」

「ちょうどいいって、なにが？」

「俺、任期が今年度までだから」

「――は？」

荏原が、咥えたばかりの煙草をぽろりと落とす。火が点いていないそれを、塚森は拾って差し出した。

関連企業ではあるが、別会社になればさほど柵《しがらみ》はなくなるだろう、と言おうとしたが、荏原の低い声に阻《はば》まれる。

「なんだそれ」

「うん、俺の仕事は元々再建計画のテコ入れだっただろう。だから、プロジェクトと同じで、任期満了でまた会社を移動するんだよ。今度は鷹羽《たかば》のほうに常務として……」

「聞いてないぞ」

「……言っていたと思うけど、赴任時《ふにんじ》に」

実際どこの会社へどんな待遇で移るのかまでは決まっていなかったが、三柏紡績の専務取締役としての任期は二年だと、当初から通達してある。

単に忘れているだけだ。そう返せば、荏原は記憶を掘り返そうとしているが、思い出せないらしい。

だが思い出そうと思い出すまいと決定は覆《くつがえ》らないので、考えるのをやめたようだ。塚森を抱きしめながら、大きく溜息を吐く。

「マジかよ……」

「でも、新宿《しんじゅく》よりは近いよ」

以前偶然鉢合わせした街の名前を口にすると、荏原はなんとも言いようのない顔をした。

「……誤解のないように言っておくが、今は全然行ってないからな。あんたにキスしたあとは、誓《ちか》って一度も行ってない」

ということは、それまでには結構行っていたのだろうか、という疑問が首を擡げたが、口にはしなかった。どんな答えが返ってきても、責めることではないし、それなのにむっとしてしまうような気がしたからだ。

だから、「わかった」と一言だけ告げる。

表情を探られているのがわかったので、塚森はいつものようににっこりと笑った。荏原は微かに目を瞠り、それから息を吐く。

「あんたな、その顔はずるいぞ」

「無表情と一緒だから?」

よく言われる科白を返すと、荏原は今度は大きく嘆息《たんそく》した。

「好きなやつの笑顔と泣き顔には、弱いもんだろ」

「っ……、なるほど」

不意打ちでそういうことを言うほうがずるいのではないか。

だが、荏原は別に揶揄おうとか口説《くど》こうとか思ったわけではないようで、ただしれっと「だろ」と同調した。

──なんというか。

荏原は今まで塚森の付き合ってきた中にはいなかったタイプだ。

女性も男性も、塚森と言い合うような相手はいなかったし、なにより自分が抱かれる立場になるとは思いもしなかった。

かといって、女扱《あつか》いしているわけでも、抱く側だからと上位を主張することもない。それなのに「大事にされている」というのが肌で伝わってくる。

不思議で、けれど心地よい感覚に、少なからず塚森は戸惑っていた。

意識的にしろ無意識的にしろ、彼のアプローチや好感度の上げ方が、「仕事で応える」ことだったり、あるいは身を挺《てい》して護ることだったり、というのも新鮮だ。

好ましいな、好きだな、と自分より大きな男相手に思う日が来るなんて思わなかった。

──会社が変わることなんて、これからもよくあることだろうし、なんとも思ってなかったけれど……。

北海道や九州にまで遠ざかるわけでもなく、千葉と東京だ。電車ですぐの距離だしなんの問題もない。そう思っていたはずなのに。

――寂しい、と思うなんて。

素肌で触れ合ったあとだから、余計にそう思うのかもしれない。荏原の腕の心地よさを知ったから、こんなに寂寥《せきりょう》を覚えるのだろうか。

黙って荏原の横顔を見ていたら、彼は一瞬戸惑ったように視線を逸らし、それから塚森の笑顔に負けず劣《おと》らずの営業スマイルを貼り付けた。

「まあでも、あんたはちょっと離れるくらい平気そうだよな」

実際そのとおりで、先程同じようなことを言ったばかりだ。

だが直前に、やっぱり寂しいなどという感情を抱いていたせいか、ほんの少し、胸がちくりと痛んだ。珍しく、心が萎《しお》れる。

ただ黙って荏原を見上げていたら、彼は「んっ」と目を瞠った。どうしたのかと怪訝《けげん》に思っていると、彼は上体を起こし、体をつなげているときと同じように塚森を見下ろした。

「なあもう一回今の顔してくれ」

今の顔、がどんな顔なのかわからない。

してくれと言われてできる気がしないし、なにより、それは自分の内面を曝《さら》け出《だ》せと言われているのと同義だ。

荏原は期待に満ちた、やに下がった顔をして、塚森の頬に人差し指の背で触れる。

「なあ、もう一回」

対応に困り、塚森は「いやだ」と小さく一言呟いて、顔を逸らした。

大人同士の恋愛事情

o t o n a
d o u s h i
n o
r e n a i
j i j o u

恋人ができて、煙草《たばこ》の本数が減った。

恋人であり勤務先の三柏紡績《みつがしわぼうせき》の専務取締役である塚森賢吾《つかもりけんご》が、非喫煙者だからだ。幾度目《いくどめ》かのキスをした際に「苦い」と言われた。

それはただの感想で、特段悪い意味合いではなかったようなのだが、以来荏原達久《えばらたつひさ》は意識して控《ひか》えている。

「ん……」

塚森の形のいい唇は柔らかい。感触のよさは勿論《もちろん》、舐《な》めたり食《は》んだりすると、抱きしめた体が戸惑《とまど》うように身動《みじろ》ぎするのが好ましくて、つい何度もしてしまう。

「っ、……」

僅《わず》かに逃げた腰を捕らえるように抱き寄せて、ゆっくりとソファに押し倒す。吐息とともに開いた唇の隙間をぬって、舌を差し入れた。

——甘い。

自分が煙草を控え始めた理由は、塚森とのキスがとても好きだからだ。

こんなことを言ったら「なにを言っているんだ」と呆《あき》れられそうだが、荏原は恋人を味わいつくしたい。キスに限ったことではなく、全てを。

煙で舌を鈍《にぶ》らせているのが惜しいと思うほどに、塚森にのめりこんでいる。

「……、……っ」

胸を弱々しく押し返された。

「荏、……しつ、こ……、っ」

つれないことを言う唇を言葉ごと奪い、口腔内《こうこうない》を舌で愛撫《あいぶ》する。弱いところを責めてやれば、抱きしめた体が小さく震えた。

形のいい唇から零《こぼ》れる色っぽい吐息をもっと聞きたいが、それすらも奪ってしまいたいという欲求すら湧いてくるのだから困ったものだ。

柔らかな綿素材のシャツの裾《すそ》に手を差し込む。うっすらと筋肉のついた薄い腹の上に手を置き、体の輪郭《りんかく》を確かめるように触れていたら、今度は強く押しやられた。

渋々上体を起こすと、ソファの上に仰向《あおむ》けになった塚森が、頬を紅潮させてこちらを睨《にら》むように見ている。その手はいましがた乱された裾を直していた。

「……、荏原さん、もう……」

これ以上は、と微《かす》かに上がった息に紛《まぎ》れた声が掠《かす》れる。舌を絡めあった後遺症で若干《じゃっかん》悪くなった滑舌《かつぜつ》と、恥じらうように伏し目がちに逸《そ》らされた瞳、上気した頬に、理性がぐらりと揺れるのを自覚した。

——……この人、わざとやってんのか。

そんな身勝手な解釈《かいしゃく》をする自分に、少々笑えてしまう。人並みに恋愛経験はあるつもりだけれど、こんなに翻弄《ほんろう》されるのは塚森が初めてだ。

拒《こば》む彼の色気を目の当たりにして、もっと乱してやりたいという欲求が湧いてくる。凶暴なくらい強く湧き上がったそれを察したのか、塚森はすぐに身を起こし、「もうだめだ」ときっぱりと口にした。

——これは本当に駄目《ま》なやつだな。

そう判断し、荏原は両手を軽く上げて恋人の上から退いた。

「了解です、専務」

ふざけて返すと、塚森はほっと息を漏《も》らす。荏原が引いたのを見て、少々冷静さを取り戻したらしい彼は、居住まいを正した。

「お互い、今日はこれから出かけるのに、どうしてこういうことをするんだ」

本日土曜日は、営業二課の後輩であり、同じく塚森の立ち上げたプロジェクトのメンバーだった山本《やまもと》から飲み会の誘いがあったのだ。

塚森は若手を集めたプロジェクトを断行し、そして大きな成果を得たことによって、春には本来の活躍《かつやく》の場である親会社の鷹羽紡績《たかばぼうせき》へと戻っていく。

その前に三人で飲み会でもしませんか、というお誘いだ。

親会社のオーナー一族であり、新卒の頃から高い地位にいた彼は「同期」や「同僚」と呼べる存在がいない。会話をするのも必然的に塚森より一回りも二回りも年嵩《としかさ》の人間が多くなる。

塚森は「気軽な飲み会」という催《もよお》し自体に馴染みがない、と以前言っていた。だから、傍目《はため》にはわからないかもしれないが、塚森は今日の飲み会を楽しみにしていたようだ。

よって、明日が日曜日で、荏原が外泊届を出しているからといって、でかける二時間前に抱かれるつもりはないということである。

「冗談だよ、最後までするわけないだろ」

「……本当かな？」

疑わしげな潤《うる》んだ目を向けられ、荏原は営業で培《つちか》ったスマイルを浮かべて「本当、本当」と返す。勿論嘘だ。

——飲み会に誘われて喜ぶこの人は可愛《かわい》いけど、まあまあ気に食わねえんだよなぁ。

別に山本に対して思うところはないだろうし、山本も恋愛対象が男性ではないので万が一ということもない。しかし自分以外の男に誘われて喜ぶ恋人を見ると内心穏やかではいられないのが本音だ。

あまり突っ込まれれば本音が零れてしまいそうなので、荏原は話を逸らすことにした。

「それにしても、随分《ずいぶん》殺風景な部屋になったたな。元々荷物が少ない部屋だったけど」

「ああ、うん。あまり長い間住むわけじゃないしね。引っ越しまでに使わなそうなものはもう処分しちゃったんだ」

「なるほどね」

塚森の部屋は、駅前にある高層マンションの一室で、間取りは広い1LDKだ。社員寮の部屋をふたつ入れても余りそうなだだっ広いリビングにはソファとソファテーブルくらいしか家具は残っておらず、がらんとしている。

「引っ越し日はいつなんだ？　俺、手伝いに来ようか？」

そう申し出たが、すぐに「大丈夫」と断られてしまった。

「荷造りは全部業者任せにしたんだ。時間ももったいないしね」

「あー、そういうサービスあんのか」

荏原が引っ越しをしたのは大学進学の際と、就職して社員寮に移ったときの二回だけなので、便利なものがあるなあと感心した。

荏原の場合、二度目に至っては友人たちの協力を得て軽トラックで運んで節約したので、引っ越し業者は一度しか使ったことがない。

「次、どこに引っ越すんだっけ」

「次は、最寄り駅が大手町《おおてまち》かな。便利だから」

さらりと都内のターミナル駅を口にした塚森に、内心苦笑する。

——……経済格差がとんでもねえな。

「うわ、いいとこ選んだな。でも最初もっと会社に近いところって言ってなかったか」

「うん、でも気に入った物件があったから」

「へー。総務が候補出してくれたんだっけ。いいよなぁ、そういうところに住めるもんなら住んでみてえわ」

荏原とて、今は同年代と比較すれば随分稼《かせ》いでいる部類には入るだろう。だが、恋人はその比ではない。

——ま、それはわかってたことだし今更《いまさら》か。

塚森と恋人になってから、もう既に何度も肌《はだ》を重ねている。

初めてのときは社員寮で致したが、「次からは絶対に社員寮では駄目だ」という塚森の主張を受け入れ、会う場所はもっぱら塚森の自宅となった。

初めて足を踏み入れたとき、まず最初に「金持ちの部屋だ」と驚いてしまった。

そしてベッドの大きさを見て、自室で押し倒したのが申し訳ないと思ってしまった。

圧倒的経済力の差を目の当たりにしたのはそれが最初だ。頭ではわかっていても、やはり実際に体感するのとでは印象が違う。

塚森は、そんなに金遣《かねづか》いが派手というわけでもないし、普通に社員食堂で食事を取ったりコンビニのお菓子が好きだったり、と庶民とまったく変わらぬところも多い。けれど、やはりこぞというときには違ったりすることもある。

その後も、少しずつ経済格差を感じる場面があったが、お互い大人なのでさらっと流していた。

ふと顔を見たら、塚森がじっとこちらを見ている。内心首を傾《かし》げつつ「確かに便利だし、いいんじゃないか」と返した。

「それに大手町なら、俺と会うのも電車で一本だな」

「そうだね」

電車で一本と言っても、今と比べればだいぶ遠い。

――いっそのこと互いの勤務先の中間点で同居でもするか……なんて冗談でも言えねえしなぁ。

今よりも格差を感じるのは必至だ。

ルームシェアで家賃補助が出るかも怪しいし、そもそも親会社の役員と関連会社の平社員が同居するのというのは現実的に可能な話なのか。

恋人同士になってから、時折「距離ができたあと」の話をすることもある。同居の話というよりは、千葉と東京だと電車でどのくらいか、会うなら新宿あたりが出やすいか、それとも中間点の別の繁華街を開拓するか、などという会話だ。

「なんなら荏原さんも一緒に住む?」

「バーカ、そんなセレブなところ無理に決まってんだろ」

軽口に軽口で返すと、塚森はただ笑った。

「さてと。じゃあ俺、先に出てるわ。あんたは重役なんだしギリギリに来なよ」

「わかった」

年も近いし、プロジェクトのおかげで勤務中に接する機会も多かったので、プライベートでも仲良くなった、と思われても別に不自然ではないのだが、家はバラバラに出ようということになった。

「珍しく飲み会に誘われて張り切った重役がまっさきに座ってたら、山本も緊張するだろうしな」

「……しないよ、そんなこと」

ほんの少し拗《す》ねた顔をする塚森が可愛くて、荏原は小さく吹き出す。

ソファから下り、身を屈めて塚森の形の良い唇に触れるだけのキスをした。

「じゃあ、またあとでな」

「ああ、また」

軽く手を振って恋人の部屋を辞す。

エレベーターに乗り込んでボタンを押し、荏原は息を吐いた。

――あの人が喜ぶのは俺も嬉しいんだがな。

己《おのれ》の心の狭《せま》さは自覚している。

今日の飲み会は、実は山本とのただの飲み会ではない。そうでなければ、色々理由などつけて一緒に会場である社員寮近くの居酒屋まで一緒に行っただろう。

まだキスの感触の残る唇を、荏原は指でなぞる。

――ちゃんと好かれてる自信はある。

男と付き合ったことはあるけれど、抱かれるのは荏原が初めてだと言っていた。

戸惑いながらも荏原を受け入れ、そして愛情を持って接してくれているのはわかっている。

多方面に嫉妬《しっと》してしまっているのは自分だけだ。そこに恋愛感情が絡んでいなくても――平たく言えば、彼が自分以外に笑いかけるだけでも妬《や》いてしまう。

呆れられそうで到底そんな気持ちを吐露《とろ》することはできないけれど、不意に独占したくてたまらなくなるのだ。

――基本的に心が狭いんだよな、俺は。

恐らく今日、彼の喜ぶ顔が見られるだろう。

想像すると塚森を愛《いと》しく感じるのに、それが自分だけの力で齎《もたら》されるものではないということもわかっているので、面白《おもしろ》くなさも浮上してくる。

我ながらなんて厄介《やっかい》なんだ、と思いつつ、荏原はドアの開いたエレベーターから足を踏み出した。

「塚森《つかもり》専務、お疲れ様でしたー！」

入店早々そんな声とともに花束を渡されて、塚森が目を白黒とさせている。思いもよらぬ言葉とプレゼントだったようで、彼には珍しいことに、おろおろしていた。

飲み会と称して呼び出した今日は、塚森専務のサプライズ送別会だ。社員御用達《ごようたし》の古びた居酒屋は、プロジェクトメンバーでもよく訪れた場所で、その中には時折塚森が交じることもあった。

塚森の視線が荏原の方に向けられる。知っていたのか、と言いたげな瞳には笑い返した。

不意打ちに驚いていた塚森だったが、すぐに如才《じょさい》ない笑みを浮かべる。

「……びっくりした。こんな風にしてもらえるなんて、今までなかったから。ありがとう。こちらこそ、お疲れさまでした」

小さな拍手が起こり、塚森が軽く頭を下げる。いつものように、その美しい顔貌《がんぼう》に微笑《ほほえ》みを浮かべていた。

――あれは結構感動してるな。

深い仲になり、それなりに塚森の顔色を読めるようになった荏原《えばら》は、塚森の綺麗な横顔を眺めながらそう分析する。

塚森はこの会社に来た当初は「憎《にく》まれ役」だった。後に今までのことも聞いたが、いつもあまり大差はないようだ。こんな風に歓迎されたり、別れを惜しまれたりするようなこともなかったのかもしれない。

彼はいつもどおり穏やかな表情でいて、そんなふうには見えないが、感激しているようだ。可愛いな、と思うのだが、そんな表情を俺以外に見せるなと理不尽なことも考えてしまう。

じいっと見つめていたら、その視線に気づいたのか塚森の目がこちらに向いた。

隣に座れよと手を挙げようとしたものの、それより一瞬早く斜向《はすむ》かいに座っていた後輩の山本《やまもと》が「専務こちらへどうぞ！　席空《あ》いてますよ！」と促《うなが》してしまった。

——先を越された。……まあいいか、向かいの席だし。

塚森は「失礼します」と言いながら、荏原の対面の席に腰を下ろす。

「……専務。花束こっち置きますよ」

「あ、うん。ありがとう」

渡し合う瞬間に手が触れて、塚森の細い指がぴくりと跳ねた。視線が絡み合い、秘めた雰囲《ふんい》気《き》に唇が緩《ゆる》む。

そして塚森の着席と同時に、予《あらかじ》め注文してあったビールが運ばれてきた。プロジェクトの最年長者である宣伝部の社員が音頭《おんど》を取った。

「それでは、塚森専務の前途を祝して、かんぱーい！」

乾杯、とグラスをぶつけ合ったあと「俺らの誰よりも前途洋々だけどな」という言葉が出て笑い声が上がる。塚森も笑って、ビールに口をつけた。

その後は普段の飲み会どおり他愛《たわい》のない会話になり、時折塚森も混じりながら談笑する。

この場に小宮《こみや》の姿がない。その事実に、胸の奥が微《かす》かな疼痛《とうつう》を訴《うった》える。本来なら功労者の一人のはずで、最初から塚森に友好的だった一人で、けれどまるで初めからいなかったかのように彼がこの場にいないことが自然な空気がそこにはあった。

もっと早く小宮の気持ちに気がついていたら、と悔《く》いる一方で、それでもやはり自分は塚森に恋をしたのだろうとも思う。

いい具合に酒の入った山本が、それにしてもと口を開いた。

「当初はまさか、塚森専務とこんなふうに飲み会できるようになるとは思いませんでしたよ」

「それは……そうだね。うん。私も仲間に入れてもらえるとは思ってなかった」

特に他意はなかったのだろうが、うつむき加減で微笑むその様子が儚《はかな》げに見え、周囲がはっとする。山本はほんの少し感極まったように「俺たち仲間じゃないですか！」と言って体を寄せ、もう一度塚森のジョッキに自分のジョッキをぶつけた。

――おい、必要以上にその人に近づくんじゃねぇよ。

と、一瞬めらっと湧き上がった嫉妬の炎を無表情のまま消し、荏原はジョッキを口元に持っていく。

こころなしか、塚森が嬉しそうなのがまたやきもきする。

「専務、最初ちょっと怖かったですもん」

「そう?」

そうですよ、と今度は山本以外の社員も同調する。

「俺らプロジェクト失敗したら打ち首になるんじゃないかと思ってました」

「まさか、そんなことしないよ」

「……その笑顔がね、怖かったんですよ最初は」

打ち首というのは喩《たと》えだが、実際のところ求めている基準に満たない者は切り捨てられるのではないかという不安は皆持っていただろう。

元々優秀と称される社員が集まっていたけれど、専務の要求に応《こた》えなければとそれぞれが発《はっ》奮《ぷん》したというところも大きい。

山本だけでも、このプロジェクトメンバーだけでもない、当初はあんなに一線を引いていた社員たちも皆、親しげに塚森に接していた。

——だけど、専務があんな嬉しそうな顔するんだから水は差せねえ……。

無表情のような微笑みには、きっと恋人である自分しか感じ取れぬ喜色が滲《にじ》んでいた。疎《うと》まれたり憎まれたりするのに慣れているとはいえ、やはり親しみをもって接してもらえば嬉しいに決まっている。邪魔をしないくらいの理性は残っていた。

ほんの少し桜色に頬を染める塚森を、若干複雑な思いで見つめていたら、経理部の藤本《ふじもと》が「でもさ」と口を開く。

「専務よりも、荏原くんだよねー」

急に矛先《ほこさき》がこちらへ向けられ、荏原は目を丸くする。

「俺？　なんかしましたっけ」

「うわ、もう忘れてるよこの人。最初専務に対してバッチバチだったじゃない」

あ、と声を漏らし、慌てて塚森の方を向く。彼はただ黙って苦笑するにとどめていた。

「寄ると触ると専務を睨んでさ。仲間に入れてやるもんかーって感じだったし」

「そんなこと言ってませんよ俺は！」

本当にそんな文言《もんごん》は口にしていない。だがそういう態度を取っていたことは確かなので、あまり反論を重ねられない。

「まあ、私は第一印象が悪かったから」

そう執《と》り成《な》してくれた塚森に「違う」と言い訳したくなる。

荏原の、塚森に対する第一印象は「好みのタイプの美人」だった。荏原は、塚森のような清潔感のある仕事のできそうな美しい男を組み敷くのが好きだ。

もっとも、「仕事ができそう」どころか冷血漢と罵《ののし》られるほど容赦《ようしゃ》のない人事改革をするリーダーだったが。

「……別に印象が悪かったとか、そういうことじゃないですよ」

長い目で見れば会社に利益のある話だったが、ばっさりと人を切り捨てれば人情として反発を覚えるのは当然かもしれない。事実、当初社内のムードは最悪で、モチベーションの低下から会社の成績が更《さら》に下降していたものだ。

一方で塚森に対しては反発心を覚えながらもずっと期待していた。

「……寧《むし》ろその逆というか、できる人だと思ってたからこそっていうか」

「えー、それどういう意味ですか？」

山本が意図をはかりかねたような、不可解そうな顔をする。察しのいい藤本は小さく溜息を吐《つ》いた。

「ああ、なんだつまり対抗意識の現れだったってこと？」

「えっ、対抗意識って重役相手に？　……先輩、知ってましたけど結構そういうとこありますよね」

身の程知らずだと言外に滲ませて、山本が体を引く。

「不良のコミュニケーションみたいね。『おめーどこ中だよ』からの喧嘩《けんか》が『仲良くしましょうね』的な意味合いになる……」

ガキっぽいのだと指摘されれば否定はできないし、自覚もあった。

反論をしない荏原に、塚森も含めて皆が笑う。

「荏原くんアレでしょ、子供の頃好きな女の子に意地悪したタイプでしょ」

「……男はみんなそうでしょ」

相手は女の子ではなかったが、切れ長の目の綺麗な顔立ちのクラスメイトをつついて泣かせたのが荏原の初恋だ。

そのころからメンタルが成長していないと思い切り突きつけられて項垂《うなだ》れる。塚森もくすくすと笑っていた。

「でもあたし、正直そこまでつっかかるのって田崎《たさき》くんの件かと思ってた」

「田崎さん？　いや、別にそこまでは」

「嘘だぁ、あんなに気にしてたじゃない」

田崎は、元上司のせいで心を病み、休職していた先輩社員だった。塚森の人事によって、退職した社員のうちのひとりだ。

「専務に対する皆の態度が軟化してからも、しつこくツンツンしてたくせに」

「しつこくって、別にそんなつもりは……」

それは塚森本人にも指摘された件だ。

どうも自分は、人情に気持ちを乱される性格だ。挙げ句、塚森に「田崎と付き合っていたのでは」と疑われる始末だった。

「それに、あの人も今はちゃんと再就職してるし」

「あ、そうなんだ？」

当初は落ち込んでいた田崎だったが、このままずるずる休職しつづけていてもしょうがない、と気持ちを切り替えて再就職したという。

会社との関係が途切れたことで、かえって鬱々《うつうつ》としていた心の負担が軽くなったと言っていた。

元々アクティブで働き者だったこともあり、休んでいることに対して自罰的《じばつてき》な気持ちや焦りのようなものもあったのだろう。

「この間久々に会って飲んだけど元気でしたよ。会社辞めてよかったって言ってました」

「そうなんだ。同期だしちょっと気になってたのよね」


「言ってくれればよかったのに」

河岸《かし》を変えて二人で駅の近くのバーに入るなり、塚森《つかもり》はそう口火を切った。ちょっと拗ねたような雰囲気《ふんいき》があるのは、怒っているというより嬉しさと照れがあるのだろう。テーブルの上に乗せた花束に、塚森は指先で触れる。

「言えないだろ、一応『サプライズ送迎会』なんだからよ」

送別会を兼ねた飲み会は二時間ほどでお開きとなり、塚森は重役らしく一次会であっさりと帰っていった。

荏原も家庭持ちの数人とともに一次会で切り上げ、同僚たちとは店の入り口で別れてそれからすぐに塚森と合流した。

他の同僚と鉢合《はちあ》わせるのは避けたいので、ほんの少し駅から距離のあるバーへと塚森を誘ったのだ。

「ここには、よく来るの？」

グラスの中の丸氷をくるくると回しながら、塚森が問う。その姿が綺麗で、荏原《えばら》はじっと見とれてしまった。

綺麗な恋人の顔に、怪訝な表情が浮かぶ。

「荏原さん？」

呼びかけられて、荏原は「ああ」と慌てて頷いた。

「二十代の頃に、よく来てた。今もたまにな」

「へえ……なんか、オシャレな店だね」

少々オーセンティックバーのような雰囲気がある地元のこのショットバーは、いつも適度に賑《にぎ》わっている。静かすぎず、うるさすぎないその空気を、塚森は好ましく思ったようだ。

酒やフードも充実しているので、連日客足は途切れないと店長がいつだか自慢していた。

「あんたのほうが、よっぽどオシャレな店に行き慣れてるだろ？」

ちょっと揶揄《からか》うように言うと、塚森は目を細めた。

「そんなことはないよ。……商談で行くような店は『オシャレ』というよりは『堅苦《かたくる》しい』って感じだもの。プライベートで行くこともないしね」

そう微笑む様子に憂《うれ》いがあって、ぐっときてしまう。暗がりに乗じて抱き寄せようとしたら、「久し振り」とバーカウンターの向こうから声をかけられた。慌てて手を引っ込める。

「店長、久し振り」

カウンターの向こうには、先程まで姿のなかった店長が立っている。細身で背が高く、優しげな顔をした彼は相変わらず年齢不詳《ふしょう》だ。

白の開襟《かいきん》シャツを身に着けた彼は、塚森を見て「こんばんは、いらっしゃい」と声をかけた。

「こんばんは」

店長が塚森の顔を見て、にっこりと笑う。それから店長はこちらを手招きをすると荏原の肩を引き寄せて、顔を近づけてきた。

「なに、あれが今の彼氏？　すっげえ綺麗な、育ちの良さそうなの見つけたなおい」

ぼそぼそと耳打ちしながら、店長がやるじゃんと荏原の肩を揺する。

「そうだけど、あの人は生粋《きっすい》のゲイってわけじゃないからあんまそういう指摘しないでくれよ」

この店は、決してゲイバーというわけではない。

だが、店長がゲイを公言しており「全セクシャリティを受け入れている」と明言している。

女性同士も、男女の恋人同士も、友達同士でも入店可能だ。

そんな店なので、同性の恋人も作ろうと思えば作れるし、性別問わず友人もできるし、ただ飲食を目的としてくることもできる。店長がハッテン行為や過度なナンパに厳《きび》しい人なので、店内の秩序は守られていた。

「そうなんだ？　やられノンケ？　若気の至りでこの界隈《かいわい》で悪さしてたの、バレないようになー」

「……悪さなんてしてねえだろ」

身に覚えのないこともない指摘に内心動揺しながらも小声でそんな会話を交わし、組んでいた肩を解く。塚森がこちらを見ていたので、ごまかすように笑った。

「まあゆっくりしてって。お連れさんも、ごゆっくり」

ひらひらと手を振る店長に、塚森が会釈《えしゃく》を返す。彼の姿がカウンターから消えてほっとしていると、塚森が「フランクな店長さんだね」と口を開いた。

「まあそうかもな。だからこの店もそういう雰囲気があるというか」

「ここってゲイバー……ではないよね？」

「ああ。特にセクシャリティは関係ないというか……フリーというか」

「俺も行ったことあるよ、ゲイバー。友人が仕事の話をするときによくそういった店を指定するから」

そんなところで仕事の話をするなよとも思ったが、ある意味閉じられた空間なので、考えてみれば使い方によっては有効かもしれない。少なくとも、女性を排除した空間を容易に作ることができるし、且《か》つ店によっては個室もある。

「ご友人て、あのとき一緒にいた稲葉《いなば》さん？」

「そう。……あのときは助けてくれてありがとう」

あのとき、というのは新宿《しんじゅく》で塚森と鉢合わせをしたときのことだ。

彼が人を待っていた場所は、所謂《いわゆる》「ナンパ待ちスポット」として有名なところだったので、荏原は心底驚いた。

有名というだけあって様々な人間が寄ってくることもあり、出会いの質は必ずしも良いとは言い難《がた》い。

現に塚森に声をかけてきたナンパはあまりたちの良くないタイプであった。乗り気ではなさそうだったし、寧《むし》ろ対処にさえ困っている様子で、そのまま引っ張られて行きそうに見えたのでつい間に入ってしまったのだ。

——話を聞いたら、男にここで待ってろとか言われたらしいし。

会社では誰も寄せ付けない硬質で潔癖《けっぺき》そうな男が、恋人と思われる男の言いつけに従って他の男に嫌々抱かれる。そんなストーリーを、頭の中で勝手に組み立ててしまった。

好みのタイプだけれど自分には手が届かない相手がぞんざいに扱《あつか》われていて、荏原はかっとなったのだ。

——まあ、それは本当にただの誤解だったんだが。

よく考えれば、あれだけ色々な人の行き交う新宿にいたからといって、彼が同性愛者とは限らないし、ナンパに戸惑っていたのだってそれこそゲイではないからだ。

瞬時にご同類かと結びつけてしまったのは、彼もそうならばいいと潜在的に思っていたからだろう。

「好みのタイプ」ではなく、「塚森自身に惹《ひ》かれている」のだということを明確に自覚させられた出来事であった。

黙り込んだ荏原に、塚森は首を傾げる。

「どうかした?」

「いや。……さぞモテたろうなと思って。あんた綺麗な顔してるし」

荏原の返しに、塚森が苦笑する。

「いや、俺はゲイにはモテないタイプみたいだよ。現に、一度も誘われたことないし」

その一言に、若干の引っかかりを覚える。

一度も、ということは裏を返せば何度も行っているということだ。

——モテねえわけねえだろ。現に俺の目の前でナンパされてたくせに。

そんな言葉を飲み込んで、「そうか」とだけ返す。恐らく、そのご友人とやらがガードしていたに違いない。

所謂「ゲイモテ」と言われるタイプもあるにはあるが、今は好みだってもっと多様化している。塚森は決して「モテないタイプ」ではない。

——そういや、前に男と付き合ったこともあるって言ってたな。

ただし、その相手のときは塚森は抱く側で、抱かれるのは荏原が初めてだと聞いている。それを聞いたときは得意げな気持ちになったものだったが、今更になって嫉妬心が湧いてきてしまった。

「——次なに飲む？」

いつのまにかカウンターに戻っていた店長が、二人のグラスが空《から》になっているのを見て声をかけてくる。

反射的に顔を上げて、荏原はほっと息を吐いた。今声をかけてもらわなかったら、塚森に対して余計な一言を言っていたかもしれない。

「……同じの」

「私も、同じのを」

「はいはーい。銘柄《めいがら》も同じのでいいのかな」

適当に、と頼んだら、店長は今度は別のボトルのウィスキーを開けた。空になったグラスと入れ違いに、新しいグラスが差し出される。

いらぬことを言う前に、荏原はすぐにグラスを口に運んだ。強い酒がすうっと喉を通っていく。

「二人は一緒に住んだりとかしてるの？」

よりによってなんでその話題を選ぶのかと、荏原は奥歯を嚙む。

「……してねえよ」

不機嫌に返す荏原の横で、塚森は曖昧《あいまい》に首を傾げて笑っている。店長は二人の顔を見比べて、ふうんと唇を尖《とが》らせた。

「ま、そのほうがいいかもしれないね」

「何故《なぜ》ですか？」

「荏原くんはねー、あんま同居向きの人じゃないんだよね」

「店長」

いい加減黙れと牽制《けんせい》したつもりだったが、塚森のほうが「それは何故」と更に突っ込んでくる。

「プライド高いところがあるでしょこの人。前によくそれで失敗してんだわ」

「……プライドが高《たけ》ぇのは否定しねえけど、若い頃の話だろ、今更持ち出すなよそんな話」

今より血の気の多い頃は、嫉妬する度《たび》に相手を怒ったりして「面倒くさい」と言われた。浮気されれば烈火のごとく怒っていた。店長の言う「プライドが高い」と言われる所以《ゆえん》は、そういうときによく「あいつのほうが俺よりいいのか、俺のほうが勝っているのに」と迫っていたからだ。

そんな恥ずかしい話を店長がべらべらと塚森に喋《しゃべ》ってしまう。あまりの恰好悪《かっこう》さに、カウンターテーブルに突っ伏しそうになったが、涼しい顔でこらえた。

「俺のほうが勝っている」と臆面《おくめん》もなく言っていたのを思い出すだけで、酒がまずくなりそうだ。

——言ってることは間違ってなくても、他に言いようがあるだろって……。

二十代の自分の言動に心臓が痛くなる。

若気の至りが多すぎて、昔の色恋沙汰《ざた》の話などあまり聞かれたくはない。ちらりと横目で確認すると、塚森はいつもどおりの顔で「へえ」と頷いていたので拍子抜けしてしまった。

——……いや、変に誤解されたりしても嫌だが、なんとも思われてないってのも……。

こういうとき、少々の温度差を感じるというか、「自分のほうがより相手に惚《ほ》れている」と思い知る。

——まあ、別にいいけどな。全然好かれてないわけじゃないし。俺のほうが愛が重いってだけだろうし。

なにせ、その愛の重さで振られることが多いのだ。

塚森が不意に、ぐいっと酒を呷《あお》った。一気にグラスの中身を飲み干して、「お会計お願いします」と微笑む。

「えっ」

突然デートを切り上げる発言をした塚森に、荏原は目を瞠《みは》った。店長は若干戸惑った様子を見せながらも、すぐにレシート代わりの領収書を差し出してくる。

「あ、店長俺も」

先んじて荏原が一万円を出すと、店長はそのまま会計をしにバックヤードへ入っていく。

「ちょ、どうしたんだよ急に」

「別に」

にっこりと笑って返され、それが別にって顔かよと荏原は眉根《まゆね》を寄せる。グラスに残った酒を飲んでいると、店長が戻ってきた。

「おまたせしました。お釣りと、領収書です」

「ごちそうさまでした」

ぺこりと頭を下げてバーチェアを下り、塚森は荏原を置いてまっすぐドアのほうへと向かっていった。

「おい、ちょっ……店長、ごちそうさま」

挨拶《あいさつ》もそこそこに、荏原は塚森を追いかける。

「待てよ塚森さん」

塚森はいつもよりも若干歩く速度が速い。その横に並び、塚森の顔を覗き込む。

「なに怒ってるんだよ」

「怒ってません」

「嘘つけ。そんなふくれっ面《つら》して」

「俺の顔のどこが膨《ふく》れているのかな」

確かにいつもどおりの美しく整った無表情だが、そこには恋人である自分しか読み取れないかもしれない程度の苛立《いらだ》ちが現れていた。荏原は息を吐く。

「なにか俺言ったか？　あんたを怒らせるような……傷つけるようなこと」

「……だから、怒っていないと言っているだろう」

人気のない住宅街の路地で問答をしながら、埒《らち》があかないと荏原は塚森の腕を摑む。強引に足を止めさせられ、塚森は珍しく柳眉《りゅうび》を寄せた。

「なあ、嫌なことがあるならちゃんと教えてくれ。言い訳くらいさせてくれよ。傷つけたなら、謝らせてほしいし」

そう告げると、塚森はぐっと唇を噛んだ。そして、ふいと視線を逸らす。

「……何度も言っているけど、怒っているわけじゃないんだ」

「じゃあ、なに」

詰めるような口調になってしまったからか、触れていた塚森の腕が強《こわ》ばる。数十秒ほど黙り込んだあと、塚森は観念したように口を開いた。

「怒っているわけではなくて……その、……」

端切れの悪い言葉を、黙って待つ。

「……嫉妬、したんだと思う」

「……えっ？」

思わぬ言葉に、荏原は思わず声を上げてしまった。

――嫉妬？　この人が、俺に？

逆ならばわかるが、いまいちピンとこない。ぽかんとその顔を見つめていると、塚森はもごもごと口を動かした。

「自分でも……、びっくりなんだけど。……俺はどうも、君といると嫉妬してしまったりすることが、多くて」

「嫉妬って、なにに」

一歩踏み込んで距離を詰めると、塚森は困ったような顔をした。

――道端で話す話題じゃねえな。

荏原は塚森の腕を掴んだまま、速歩きで大通りへと出る。タイミングよく通りかかったタクシーを捕まえて、すぐに塚森のマンションへと移動した。

殆《ほとん》ど走っているような状況で塚森の部屋に押しかける。塚森宅のリビングに着くころには、二人共息が若干上がっていた。

「――で？　さっきの『嫉妬』ってどういうことだよ」

移動中に若干心の余裕が出来たのか、塚森は真顔になり、思案するような仕草をする。これは冷静さを取り戻して誤魔化す算段をしているなと察し、荏原は塚森をソファの上に押し倒した。

「っ、荏原さ……っ」

「ほら、言って。どういうこと？」

伸《の》し掛《か》かりながら囁くと、塚森は顔を逸らす。まだ言わない気かと迫《せま》ろうとしたら、塚森が震える唇を開いた。

「わかっているくせに……意地が悪い」

その一言を言うのにも羞恥《しゅうち》を覚えているようで、目元がさっと桜色に染まる。それが色っぽくてごくりと喉を鳴らしたが、追及するほうが先だと自制した。

「わかってるって、なにがだよ」

「……自分でも心が狭いと思うんだ。だけど、君が他の誰かと必要以上に距離を詰めたり、君の昔の恋人の話を聞いたりしていると、気持ちが、乱れる……」

「――」

まさに「自分ばかり」と思っていたことが塚森の口から零れ落ちる。まさか塚森がそんなふうに思っているなんて、予想外だ。

塚森は先程店長が話した過去の恋愛話や、その前に店長とこそこそ内緒話をしていたその距離感、果ては同僚との距離の近さにまで妬いてしまったのだと辿々《たどたど》しい口調で教えてくれた。過去の恋人には独占欲をむき出しにしていたのに、自分にはしないと。昔の恋人のほうが、自分より思われていたのだと。

――やべえ。顔が、緩む。

見下ろす塚森の表情は、無表情に近い。けれど、首筋や耳まで赤い。

「……いつも、俺ばかりが君に振り回されている」

僅かに掠れた声には、悔しさと羞恥、そして荏原への好意が隠しようもなく滲んでいる。

そのとき、荏原の体に激しく湧き上がったのは恋人への愛しさと、全て食らい尽くしたいという欲望だった。

このまま唇を奪い、服を剝《は》ぎ取《と》ってしまいたい。そんな欲求に駆られた荏原を阻《はば》むように「それに」と塚森が言う。

「それに？」

「……もういいだろ。離してくれ」

そう言われて易々《やすやす》と離す男がいるわけがない。黙したまま見下ろしていると、塚森は観念したように口を開いた。

「こんなこと、初めてなんだ。自分でもよくわからな――」

まだ喋っている塚森の顎《あご》を摑み、唇を塞《ふさ》ぐ。

唐突で乱暴なキスに、腕の中の塚森の体が強張った。戸惑う唇を無理やり開かせ、舌を差し込む。

「ん……っ」

息ごと攫《さら》う激しさで、けれど塚森の弱い部分を愛撫するように舌を絡めた。拒むほどではないが固くなっていた塚森の体が弛緩《しかん》する頃に、ようやくキスを解く。

塚森は瞳を潤ませながらぐったりとソファに沈んでいた。濡れた唇を拭《ぬぐ》ってやり、目を細める。

「振り回してるのは、どっちだよ」

荏原の言葉に、塚森が疑問符を浮かべる。

恋人の顔色が読めるようになってきただなんて、自惚《うぬぼ》れていた。嫉妬する可愛い顔を見逃していたのかと思うと心底悔やまれる。

俺のほうがよっぽどだ、と心の中で笑いながら、もう一度唇を合わせた。

ベッドルームへ移動して、待ちきれないとばかりに塚森の服を忙《せわ》しく剝ぎ取る。

「え、荏原《えばら》さん……っ」

戸惑う声に、理性を総動員して手を止める。それでも我慢できずに、一番上まできちんと止められた彼のシャツのボタンを片手でゆっくり外しながら、もう一方の掌で塚森の頬を撫でて
「嫌か？」と訊《き》いた。

我ながら、ちょっとずるい質問だ。そんな問いを投げられたら「嫌ではない、けれど」と躊《ため》躇《ら》いがちに答えるしかないだろう。

お許しを得た、とばかりにシャツのボタンを下まで外し、ベルトを引き抜く。スーツの場合は滅多《めった》にインナーを着ない塚森だが、今日は半袖を着用していた。それも脱がせて、下着ごとボトムを剝ぐ。内腿《うちもも》にキスをしながら、靴下まで脱がせた。

あっという間に丸裸にされた塚森は、いつもよりも性急な様子に戸惑っているようだったが、抵抗しなかった。それはきっと彼も同じ気持ちだったからかもしれない。

自分の衣服もさっさと脱ぎ捨てて、ベッド下にあったジェルを掌《てのひら》に伸ばす。

「ん……」

体温と同じになるまで温めたそれを、荏原を受け入れてくれるところにマッサージをするように塗りつけた。すぐに指を入れると拒むように窄《すぼ》んだが、徐々に受け入れてくれる。

——少し、慣れてきてくれたな。

初めの頃は抵抗感というよりは困惑が強かったようで、いつも体が緊張していた。けれど回数を重ねるごとに、こちらを信頼し、身を委《ゆだ》ねてくれていったのがわかる。

羞恥は残っているようで今日も顔を背けてはいるが、意識的に力を抜こうとしてくれている。その横顔と首筋が色っぽくて堪らない。荏原を視覚的に刺激しているとは、彼も思っていないに違いなかった。

——あー、くそ……早く抱きてえ。

とはいえ焦っているときほど丁寧にするというのは仕事でも同じだ。急いて万が一傷でも付けてはならない。

ゆっくりと指を増やし、普段よりももっと丁寧に広げながら塚森の感じる部分を重点的に愛撫する。細く白い内腿が震え、無意識なのか、時折彼の足がシーツを蹴った。

「んっ、ん」

まだ触れてもいないのに勃《た》ち上《あ》がった彼の薄い色の性器が、濡れている。

——最近、後ろでも感じてくれるようになったな。

弱いところを強く押し上げると、微かに塚森の腰が浮いた。揺れた彼の性器がうまそうで、咥《くわ》えたくなったが前戯《ぜんぎ》がもっと長引いてしまいそうで我慢する。

一度いかせてしまおうか、それとももう蕩けるように柔らかくなった体を抱いてしまおうか思案していたら、「荏原さん」と名前を呼ばれた。

「ん」

視線を上げると、塚森は頬を紅潮させながらこちらを睨んでいた。そして、彼にしては珍しく足で荏原の腹を押す。

意図はわかったが、意地悪な気持ちが湧いてきて、塚森の足首を掴んで大きく開かせた。塚森が、小さく息を飲む。

「なんだよ専務、足癖悪いな」

「……もう専務じゃない」

恥ずかしがって足を振りほどかれるかと思ったが、意外なことに塚森は自ら反対側の足も開いた。

その様子に目を奪われ、ごくりと喉を鳴らす。塚森は逡巡《しゅんじゅん》するように浅い呼吸をした後、再び顔を背けた。

「……、早く」

目的は焦《じ》らすことよりも傷つけないようにいつもよりも丁寧にするということだったが、塚森からの珍しい要求に、なんとか身にまとっていた理性が爆《は》ぜる。

「わ……っ」

指を抜き、覆《おお》いかぶさって唇を奪う。こちらの勢いに戸惑う塚森の腰を持ち上げるように抱いて、とっくに立ち上がっていた己のものを一息に突き立てた。

「ん……っ！　んん……っ」

合わせた唇の隙間から、苦しげとも取れる嬌声《きょうせい》が漏れる。荏原のものを受け入れた箇所《かしょ》がぎゅっと締まり、それから啜《すす》るような動きを見せた。

一瞬持っていかれそうになったがなんとか堪《こら》えて唇を離す。

ちらりと視線を落とすと、互いの腹に挟まれた塚森の性器からは、ほんの少し精液が零れていた。

自分でもそのことに気づいたのか、塚森の瞳に困惑と羞恥が浮かんでいる。

——エロい。……たまんね。

もう一度触れるだけのキスをして、ゆっくりと細い体を揺すった。

「んっ、……ん」

軽く達したばかりの体にはそれでも十分強い刺激のようで、腰を動かす度に塚森が吐息のような嬌声を漏らす。

口元を手の甲で押さえながら声を堪えているようだ。それでもどうしても漏れてしまう声が色っぽくて腰に来る。

「声、我慢すんなよ」

「んん……」

ふるふると首を振る塚森の腰を支え直し、角度を変えて突き上げた。

「あっ……！」

感じるところに当たったのか、塚森が小さく仰《の》け反《ぞ》る。腰が浮いたせいでより弱いところを責められる恰好になり、塚森のものからとろりと透明な雫《しずく》が零れた。

根本から締め付けられて、荏原も再び持っていかれそうになったが、まだ相手が達したわけでもないのに先んじては沽券《こけん》に関わる。

小さく息を吐いて快楽を逃し、荏原は身を屈《かが》めた。

「あっ……！」

胸の突起に舌を這《は》わせると、塚森が悲鳴のような声を上げる。唇で挟み、時折吸ったりすると、抱きしめた体が震えた。

「そ、こ……嫌だ……」

「嫌じゃないだろ？　好きなくせに」

意地悪く笑って指摘した瞬間に、塚森の頬がかあっと赤くなった。その姿に、荏原の下腹も重くなる。中で形が変わったのがわかったのか、塚森が「あ」と声を上げた。

「感じないとか言ってたのにな」

「っ、やめてくれ……」

塚森が、赤面した顔を腕で隠してしまった。

もう一方を親指で強めに押してやると、塚森がびくっと体を竦《すく》める。わざと音を出して吸ってやったら、泣きそうな息が漏れた。

もう少し慣れてきたら、ここだけで達するようになるかもしれない。

いつも冷静でストイックな顔しか見せない「塚森専務」の淫靡《いんび》な顔を知っているのは自分だけだという優越感に、体が高揚《こうよう》する。

無心に舐めたり吸ったりしていたら、震える掌に肩を押された。

「そこばかり、……しつこい」

「悪い悪い」

あまりいじめるのも可哀想《かわいそう》なので、名残《なごり》惜しく感じながらも唇を離す。両方の胸を親指で捏《こ》ねながら、浅く突いてやった。

「ん、ん……っ」

塚森の腰が震え、荏原のものを締め付ける内壁が収斂《しゅうれん》しはじめる。

「ん……っ、……」

そろそろ終わりが近いのだろうと察し、ほんの少しだけ速度を上げ、強めに突く。顔を覆っていた腕が、力なくシーツに落ちた。

——……エロいのに、この人なんでこんなに綺麗なんだろうな。

面食いだという自覚はあるが、それでも塚森の顔は歴代の恋人の中で一番整っている。こんなときにまで顔が綺麗なのはすごいなと、いつもまじまじ見てしまうのだ。

なにより、いつも笑顔か無表情のどちらかでいることの多い塚森の顔が、淫らになるのがたまらない。

そこにはこんな塚森を見ているのは自分だけだという優越感も伴《ともな》っていた。

更に欲望が燃え上がり、音が出るほど激しく攻め立てる。

「っ、あ……、あぁ……っ！」

切なげな嬌声を上げ、塚森が達する。ぎゅうっと締め付けられて、荏原も咄嗟《とっさ》に息を詰めた。

「あ……」

胸を喘《あえ》がせながらぐったりと身を横たえている塚森の腹の上は、彼の放った精液で濡れている。その体液を指で掬《すく》って彼の性器に触れると、敏感になっている体がびくっと跳ねた。

「後ろだけで上手《じょうず》にいけるようになったな」

揶揄ったつもりはなかったが、塚森の目に羞恥の涙が浮かぶ。

――そんな顔すんなよ。いじめたくなるだろ。

嗜虐心《しぎゃくしん》を煽《あお》る、と言ったら、彼はどんな顔をするだろう。

「ちょっと前まで、こっちじゃないといけないって泣いてたのに」

そう言いながら手で扱《しご》き上《あ》げると、喘ぎ声混じりに「泣いていない」と反論された。

――泣いてただろ。あれも可愛かった。

小さく息を吐き、まだ固いままの自分のものを抜く。達したばかりの体には強い刺激だったようで、塚森が「あっ」と声を上げた。

力の抜けた塚森の体を俯《うつぶ》せに返し、腰を摑んで高く引き上げる。

「っ……、荏原さん、待っ」

「悪い、俺も限界」

膝で大きく塚森の足を割り、まだ柔らかく濡れそぼったところに性器を突き立てる。

「……っ！」

強引に入れたが、塚森の体はまるで望むように荏原を受け入れてくれた。

逃げる腰を押さえつけるように支え、激しく揺らしても、塚森の体は蕩《とろ》けたままだ。

「ん……っ、あっ、あ……っ」

先程まで意地でも声を出さないという素振《そぶ》りまであったのに、荏原の動きに合わせて甘い声が漏れる。

腰が逃げなくなったタイミングを見計らい、塚森の胸元に手を這わせる。びくっと背中が強張ったが、抵抗はされなかった。

小さく、固く尖った乳首をいじりながら、音が立つほど激しく突き立てる。

「あっ、ぅ……、っ」

嬌声は苦しげだが、くりくりといじる度に荏原のものを締め付けてきた。それが自分でもわ

かるのだろう、塚森が譫言《うわごと》のように「嫌だ」と繰り返す。

けれど本当に嫌なわけでないのはわかっているし、いい加減荏原も限界で、恋人の痴態を堪《たん》能《のう》しながら行為に没頭《ぼっとう》した。

しばらくして、嫌だ、無理だと漏らしていた塚森の体が、ふるりと震える。

「も、やだ、……や……っ、……」

一際強く荏原のものを締め付けたあと、言葉が途切れる。失神しているわけではないが、強い絶頂に息を奪われているようだった。

そんな塚森の様子に理性が焼き切れるほど興奮し、ベッドが軋《きし》むほどに細い体を責め立てる。

「……っ、く」

力なくシーツに沈《しず》んだ体に己のものを打ち付け、荏原もようやく塚森の中で達した。

「あっ、……！　あ、あっ」

呼吸が戻ってきたのか、軽く咳《せ》き込《こ》みながら塚森が射精の感触に身を震わせる。

出しながらゆるゆると腰を動かすと、骨まで抜かれそうなほどの快感があった。けれど塚森には過ぎた快感らしく、シーツを強く握りしめながら「もう無理だ」と涙声で訴えてくる。

「なんでだよ。気持ちよくない？」

乳首《ちくび》を弄《いじ》りながら意地悪を言ってやると、手の甲で叩かれた。

「しつこい……っ」

「そりゃ営業ですから」

めげずにしつこく攻めるのが成功の秘訣《ひけつ》だ。

「やめろ、……バカ」

「あ、その言い方可愛い」

思わず零れた本音だったが、揶揄《やゆ》されたと思ったらしい塚森にもう一度「馬鹿」と言われる。覆いかぶさって、肩越しに唇を合わせた。

柔らかな唇を堪能していたら、塚森が小さく息を飲んだ。中に入れたままだった荏原のものが、再び硬さを取り戻していたらしい。

「もう今日は無理だ」

「……あんたはなにもしなくていいから、もう一回」

荏原が食い下がると、塚森は小さく息を吐いて荏原の手にキスをした。その色っぽさにごくりと唾《つば》を飲み込む。

「いつも俺はなにもしてない、荏原さんがしてくれるから」

じゃあ、と腰を浮かしたら、「でも」と遮《さえぎ》られる。

「――だから、普段の『一回』と変わらないから、無理」

つまり「なにもしなくていい」は交渉材料にはならないのでもう一戦は却下《きゃっか》、ということらしい。

あからさまにがっかりした顔をすると、塚森は軽く身を起こした。

「その代わり、といってはなんなんだけれど」

「……なに」

「バスルームに連れて行ってくれたら、……口で」

躊躇いがちにそこまで言って、塚森は口を噤《つぐ》んだ。

一瞬頭で理解ができず、ぽかんとしてしまう。

——口で？　塚森さんが？

本人の自己申告通り、塚森は抱かれる側への不慣れさからか、積極的にこちら側へなにかしてくれるということはない。それはそれで楽しいし、全て荏原の思い通りにできるということもあるので特に文句はなかった。

だが、そんな塚森が初めて口淫《こういん》してくれる、という。

気が変わる前に、と荏原は急いで体を離し、塚森を抱き上げた。


「……最高の時間だった」

バスルームから出て、変えたシーツの上でしみじみ呟くと、塚森が溜息を吐いた。

「嘘だろう。全然慣れてないし、上手なわけがない」

確かに、塚森の口淫は上手なわけではなかった。

だが、殆ど女性しか相手にしたことがなかったという恋人が初めてしてくれたというだけで筆舌に尽くしがたい快感があったのは本当だ。

一生懸命荏原のものを咥える様が、たまらなく愛しかった。

塚森の唇に触れ、「気持ちよかった」と言ったら、その目元がうっすら朱を刷《は》く。

「ちゃんとイッただろ、ここで」

「……、それは」

「ごめんな、口の中に」

荏原は遅いほうだと思うのだが、慣れず拙《つたな》い塚森の舌に胸が高鳴り、予想以上に早く射精してしまった。そのせいで、塚森の顔や口に出してしまったのだ。

慌てて「吐き出せ」と言ったが、塚森はそれを嚥下《えんげ》した。

「別に、荏原さんのだと思えば抵抗感も全然なかったから。……わっ」

なんでそんな可愛いことを言うんだと、塚森を抱きしめる。無言でぎゅうぎゅうと抱いていると「苦しいよ」と塚森が笑った。

ふと、塚森を何度も抱いていて、「やっぱり抵抗感があるんだろうか」と思うときもあるのだ。「いやだ」と言われると興奮する一方で、「本当にいやなのかもしれない」と不安が過《よぎ》る日もあった。

不意に、腕の中の塚森が「今日はごめん」と呟く。一瞬なにへの謝罪なのかわからず、「なにが」と返した。

「今日、色々と不安定だったというか。……嫌な思いをさせたかと思って」

「いや。これくらい多少の口論だろ」

そんな悲壮《ひそう》な顔で謝るようなことではない。だが、一方で塚森は今まであまり恋人と口論するようなこともなかったのかもしれない。

いいよ、と流すだけでなく、少し話をするべきなのだろうと、塚森の髪を撫でた。

「俺はあんたが嫉妬してくれて嬉しかったし。……『不安定』になったのはなんでか訊いてもいいか？　ただそれが嫉妬したからってだけならそれはそれでいいし」

荏原の問いに、塚森はうかがうような目を向けた。

距離がただ離れるから、とか、過去の恋愛話を聞いたから、というだけならそれはそれで構わない。

塚森は、躊躇いがちに口を開いた。

「……前に、男性と付き合っていたことがあるって話したよね」

「ああ」

付き合っていたという女性たちよりも、やはり気にかかる相手というのが正直なところだ。

「別れた理由が、こちらの経済的な理由だったんだ」

「あー……」

つまり、社会人としての圧倒的格差に耐えきれなくなった、ということらしい。

相手は塚森を頼りにするタイプではなかった。普通に一般的な、真っ当な社会人だったので、ヒモになるとか塚森のお金を湯水のように使おうという人間ではなかったようだ。

――いっそ、そういう相手のほうが続いたんだろうな。

「付いていけない、俺とあなたは釣り合わない。と言われました。……好きだけど、一緒にいると男として格下であることを自覚して、死にたくなる。と」

それで、まだ互いに好意が残っているにも拘《かか》わらず別れたということだ。

その話を聞いて、荏原も思うところがある。

確かに、経済格差が圧倒的だと思った。同居をしても無理が出るのは明白で、塚森が同居を視野に入れて部屋探しをしていたのもどこかで気づいてはいたが、深く言及はしなかった。

ただ、それが塚森を不安にさせているとは、思っていなかったのだ。

――飄々《ひょうひょう》としてるから、全然気づかなかったな。……恋人の顔色くらい読めるとか自負してたくせに、情けねえ。

その割に、荏原の愛が重いだとか、過去の恋愛話を聞いて自分にはそんなことはないのに、と思ったのかもしれない。大人になって理性的になったことが、却って裏目にでたようだ。

そして、塚森がまだ無意識下に傷ついていることを荏原は知る。

「……そいつのこと、大事にしてたんだな」

現恋人に対し肯定するのを躊躇《ちゅうちょ》したのか、塚森は曖昧に首を傾げる。

塚森の心にいまだ残っている過去の相手に、小さな嫉妬を覚えた。

「いいやつだっただろうな。でもあんたと付き合う器じゃなかったってことだ」

「そんな」

自分はそれほど立派ではないと反駁《はんばく》しようとした塚森を、強く抱きしめる。そして不敵に笑ってみせた。

「安心しろよ。俺はそんなにしおらしくない」

塚森は目を丸くし、小さく吹き出す。

「荏原さんも、清々《すがすが》しいくらい俺に頼る気がないよね」

「ねえな」

瞬時に返せば、塚森は今度は声を出して笑った。

——だが俺はそいつとは違う。卑屈《ひくつ》になって、勝手に身を引いてやるほど繊細《せんさい》じゃねえ。

経済的に頼らせることは無理だろう。だが、精神的には頼られれば今はそれで十分だった。

勿論後者もハードルは高いけれど、恋人なのだからそうありたい。

「それに、俺だってあんたほどじゃないが一応稼ぎはあるんだ。まあ、役員には到底およばねえけど。卑屈になる必要はねえと思ってるし」

うん、と塚森が頷く。その表情は、この数日の少々不安げな様子が払拭《ふっしょく》されているようだった。

「でも、そうだな。……三十、いや、二十年後には専務とまではいかなくても、役員手当くらいもらえる位置にはいるかもしれねえし」

貯蓄額はともかく、年収だけならそこそこ並ぶ位置にいけるのではないか。

出世する気満々、手放さない気満々で、そんな算段をつけている茬原に、塚森がぽかんとしている。

「なんだよ」

「いや。……二十年後も、一緒にいてくれるつもりなんだ？」

あまりにも意外そうなリアクションに、茬原は笑う。

「あんたもよく言うけど、俺は大概《たいがい》しつこいんでね」

そうか、と塚森が目を細める。ほっとしたその表情が、いつもよりもずっと可愛らしく見えた。

愛おしさがこみ上げ、抱きしめたい衝動にかられる。

けれど、こうして相手も不安を吐露してくれたのだから、この機会に自分もかねてからの疑問を訊いたほうがいいかもしれないと思い至る。

不安や不満は、相手に聞いてもらって会話をして、気持ちの落とし所を見つけたほうが相手をより理解できて安心する。話を聞いた方も、ほっとする。今の自分がそうだ。

塚森の頬を撫でながら、「なあ」と呼びかける。

「うん？」

「俺に抱かれることに、まだ抵抗とかあったりするか？」

唐突な質問に、塚森が目を瞬《しばた》く。

それから、ふっと笑い、塚森は荏原の顎に触れた。

「……そうだって言ったら、君を抱かせてくれるの？」

顎をくいっと上げられ、色っぽい声で囁かれて、その男らしさにうっかり頷いてしまいそうになる。

――こんなに美人だし、一度くらいなら……いやいや。

圧倒的な美しさに問答無用で説得されそうになって、慌てて正気に返る。

その一方で、考えてみればゲイの自分よりも殆どヘテロ寄りのバイである塚森のほうが男性意識が強かっただろうし、相手が男性のときでも抱く側だった彼の抵抗感は強かったに違いない。

――罪悪感、っていうわけじゃないけど……ヘテロ寄りの男だからこそ、色々飲み込んでくれたことだって多いだろうし。

荏原は受け手側に回った経験は皆無だ。だが、相手に強《し》いておいて、自分は試しもせずにできませんとつっぱるのもいかがなものか。

「塚森さんが、……どうしてもって言うなら……」

ひたすら思い悩み、断腸《だんちょう》の思いで、絞り出すように告げる。じいっと見つめてくる瞳に、心臓がどきどきと大きな音を立てた。

「ちなみに荏原さん、後ろの経験は？」

「ねえな」

へえ、と塚森が微笑む。

「じゃあ俺は、君の初めての男になれるんだ？」

「お、おう……」

初めて、という言葉は魅力的だが、内容的にはやはり歓迎したいことではない。とてつもなく消極的な気持ちにはなっているものの、恋人の花の顔が美しくて、まあ一度くらいならいいかという気分になってくる。

葛藤《かっとう》している荏原の顔を注視していた塚森が、小さく吹き出した。

「嘘だよ。……案外、俺は君に抱かれるのが好きなんだ」

塚森はそう言って、荏原を抱き寄せて首筋にキスをしてくる。いたずらっぽく笑い、それから唇にも軽くキスをした。

一瞬ぽかんとし、それから自分の顔がとてつもなく熱くなってくる。

――……なんなんだよこの人。男らしい。綺麗、可愛い、好きだ……！

これ以上好きにさせてどうする気だと問いただしたいのに、体が動かない。そんな荏原に塚森は目を細める。

「ときめいた？」

首を傾げての質問に、石化したように動かなかった体がやっと自由になる。間抜けな顔を晒《さら》していたことに気づいて、荏原は塚森を抱き寄せた。

「……ときめいたよ、くそっ」

腕に力を込めると、塚森も抱き返してくれる。

「あー……好きだ！」

両想いだとは思っていたものの、自分ばかりが好きだと思っていた。けれど塚森も同じくらいの気持ちでいてくれていることを知った。

一方で、やっぱり自分のほうがもっとずっと恋をしているという気持ちにもなる。惚れたもん負け、という言葉を信じれば、自分は塚森にまったく勝てる気がしないからだ。

力いっぱい抱きしめて、もう一度「すげえ好きだ」と言ったら、塚森が胸元で小さく「君には敵《かな》わない」と囁いた。

あとがき

AFTERWORD

―栗城偲―

はじめましてこんにちは。栗城偲《くりきしのぶ》と申します。

この度《たび》は拙作《せっさく》『塚森《つかもり》専務の恋愛事情』をお手に取っていただきまして、ありがとうございました。楽しんで読んでいただけましたら幸いです。

このお話は既刊『社史編纂室《へんさんしつ》で恋をする』のスピンオフ（前日譚《たん》）です。続き物ではないのでどちらの本も単独でお読みいただけます。

『社史』では塚森が脇役で、今回の脇役である稲葉《いなば》が主要人物でした。そちらのほうに荏原《えばら》は未登場です。そして稲葉のお相手も『恋愛事情』には出てきません。

未読の方は是非《ぜひ》是非お手にとってみてくださいませ。もうちょっと年を食った塚森と稲葉がご覧いただけます。

今回書き下ろしを書いたときに、本篇の初期プロットを開いてみたら、「塚森攻パターンの場合は荏原視点です」という文言《もんごん》があって、自分で書いたはずなのに「えっ!?」と目を剝《む》きました。

受攻をどちらにしようか迷っていた記憶自体がまったくない。そうか……荏原が攻められるIFがあったんだ……と新鮮な驚きを得ると同時に「よかったな荏原、下剋上《げこくじょう》されなくて」と他人事《ひとごと》のように思いました。

自分の記憶力のなさが怖いです。大丈夫かな。大丈夫じゃないか。

そして雑誌掲載時にいただいた読者様のアンケートでは「塚森は攻だと思ってた……！」「受なのか……」というご意見があり、ですよねえ、と。そりゃそうですよね、私も直前まで決めてなかったんですから……。

いや、そもそもは『社史』を書いていたときはスピンオフを書く予定が一切なかったので、塚森は攻も受もなかったのですよ……。

あ。でも逆に考えたら『社史』を読んでいない人からすると稲葉も受か攻かわからないかもしれないですね。是非確かめてみてください、とダイレクトマーケティングしてみたり。


イラストは前作同様、みずかねりょう先生に描いていただけました！

表紙の「オフィスで壁ドン」に誘われて手に取られた方も沢山《たくさん》いらっしゃるのではないでしょうか。素敵ですよね。

やっぱりみずかね先生の描かれる男性は麗《うるわ》しく、ずっと見ていられます。塚森がかっこよくて綺麗で大変可愛《かわい》らしくてですね……。なんて美人さん。そして荏原の「自信満々の美形営業マン感」が凄《すご》くて素敵でした。二人並ぶと街中でも目を引きそうです。

みずかね先生、お忙しいところありがとうございました！

個人的に煙草《たばこ》のシーンをイラストにしていただけたのが嬉しく、じっと眺めてしまいます。でもあれはほんと、よくないですね（笑）。創作だから許されるけど、本当によくない。Mなのかな荏原。Mなんだろうな。

ところで煙草といえば、この三柏紡績《みつがしわぼうせき》の所在地は千葉県なのですが、執筆当時はまだ千葉県の飲食店では喫煙《きつえん》可能でした。思い切り店内で喫煙するシーンがあるので直そうかどうしようかなあと迷ったのですが、そういう時代だったしとそのままにしています。もし何年後かにこの本を読んでいる方がいらっしゃいましたら、「この頃はそうだったのねー」と時代の流れを感じていただければ幸いです。

そして今月発売の小説ディアプラスのアキ号では、『社史編纂室で恋をする』『塚森専務の恋愛事情』のスピンオフ「経理部員、恋の仕訳《しわけ》はできません」を書かせていただきました。前後篇で、アキ号には後篇が掲載されています。勿論《もちろん》イラストはみずかね先生で、またまた素敵なイラストをつけていただきました。

こちらには今作の主人公である塚森の友人・稲葉が少し出てきます。塚森たちは出てこないのですが、みずかね先生の描かれる美形眼鏡《めがね》のリーマンがおりますので、是非御覧《ごらん》ください。よろしくお願いいたします。

最後になりましたが、いつもお世話になっております担当様、そしてこの本をお手にとっていただいた皆様。本当にありがとうございます。よろしければ、感想などいただければ幸いです。

まだまだ落ち着かない日々が続いておりますが、皆様もどうぞお体にお気をつけて。

旅行などに簡単には出掛けられない状況の中、お部屋の中でのわずかばかりの娯楽《ごらく》となりますように。この一文を読んで「こんな時代もあったなぁ」と思える世の中が早く訪れますように。

ではまた、どこかでお目にかかれたら嬉しいです。

栗城　偲

Twitter : shinobu_krk

この本を読んでのご意見、ご感想などをお寄せください。
栗城 偲先生・みずかねりょう先生へのはげましのおたよりもお待ちしております。

〒113-0024 東京都文京区西片2-19-18 新書館
[編集部へのご意見・ご感想] ディアプラス編集部「塚森専務の恋愛事情」係
[先生方へのおたより] ディアプラス編集部気付 〇〇先生

-初出-
塚森専務の恋愛事情：小説ディアプラス2019年ナツ号（Vol.74）、アキ号（Vol.75）
大人同士の恋愛事情：書き下ろし

[つかもりせんむのれんあいじじょう]
塚森専務の恋愛事情

著者：**栗城 偲** くりき・しのぶ

初版発行：2020年9月25日

発行所：株式会社 新書館
[編集] 〒113-0024
東京都文京区西片2-19-18 電話（03）3811-2631
[営業] 〒174-0043
東京都板橋区坂下1-22-14 電話（03）5970-3840
[URL] https://www.shinshokan.co.jp/

印刷・製本：株式会社 光邦

ISBN978-4-403-52515-5 ©Shinobu KURIKI 2020 Printed in Japan

DEAR+ NOVEL

ディアプラス文庫

文庫判／毎月10日頃発売／新書館

NOW ON SALE!!

✤安西リカ《あんざい・りか》
好きって言いたい イラスト おおやかずみ
好きで、好きで イラスト 木下けい子
恋みたいな、愛みたいな 好きで、好きで2 イラスト 木下けい子
何度でもリフレイン イラスト 小椋ムク
初恋ドローイング イラスト みろくことこ
ビューティフル・ガーデン イラスト 夏乃あゆみ
人魚姫のハイヒール イラスト 伊東七つ生
恋の傷あと イラスト 高久尚子
ふたりでつくるハッピーエンド イラスト 金ひかる
バースデー イラスト みずかねりょう
甘い嘘 イラスト 三池ろむこ
眠りの杜の片想い イラスト カワイチハル
恋という字を読み解けば イラスト 二宮悦巳
舞台裏のシンデレラ イラスト 伊東七つ生
彼と彼が好きな人 イラスト 陵クミコ
ふたりのベッド イラスト 草間さかえ
可愛い猫には旅をさせよ イラスト ユキムラ

✤一穂ミチ《いちほ・みち》
雪よ林檎の香のごとく イラスト 竹美家らら
オールトの雲 イラスト 木下けい子
はな咲く家路 イラスト 松本ミーコハウス
Don't touch me イラスト 高久尚子
さみしさのレシピ イラスト 北上れん
ハートの問題 イラスト 三池ろむこ
シュガーギルド イラスト 小椋ムク
meet,again. イラスト 竹美家らら
ムーンライトマイル イラスト 木下けい子
バイバイ、ハックルベリー イラスト 金ひかる
ノーモアベット イラスト 二宮悦巳
甘い手、長い腕 イラスト 雨隠ギド
ワンダーリング イラスト 二宮悦巳
イエスかノーか半分か イラスト 竹美家らら
世界のまんなか イエスかノーか半分か2 イラスト 竹美家らら
おうちのありか イエスかノーか半分か3 イラスト 竹美家らら
さよなら一顆 イラスト 草間さかえ
ひつじの鍵 イラスト 山田2丁目
横顔と虹彩 イエスかノーか半分か番外篇 イラスト 竹美家らら
恋敵と虹彩 イエスかノーか半分か番外篇2 イラスト 竹美家らら
キス イラスト yoco
運命ではありません イラスト 梨とりこ
ふったらどしゃぶり When it rains, it pours 完全版 イラスト 竹美家らら
ふさいで イエスかノーか半分か番外篇3 イラスト 竹美家らら
ラブ キス2 イラスト yoco
ナイトガーデン 完全版 イラスト 竹美家らら
アンティミテ イラスト 山田2丁目
つないで イエスかノーか半分か番外篇4 イラスト 竹美家らら

✤岩本 薫《いわもと・かおる》
プリティ・ベイビィズ①〜③ イラスト 麻々原絵里依
スパイシー・ショコラ〜プリティ・ベイビィズ〜 イラスト 麻々原絵里依
ホーム・スイートホーム〜プリティ・ベイビィズ〜 イラスト 麻々原絵里依
蜂蜜と眼鏡 イラスト ウノハナ

✤海野 幸《うみの・さち》
ご先祖様は吸血鬼 イラスト Ciel
良き隣人のための怪異指南 イラスト 街子マドカ

✤華藤えれな《かとう・えれな》
愛のマタドール イラスト 葛西リカコ
裸のマタドール イラスト 葛西リカコ
飼育の小部屋〜監禁チェリスト〜 イラスト 小山田あみ
甘い夜伽 愛の織り姫 イラスト 小椋ムク
情熱の国で溺愛されて イラスト えすとえむ
愛されオメガの婚姻、そして運命の子 イラスト ミキライカ

✤可南さらさ《かなん・さらさ》
カップ一杯の愛で イラスト カワイチハル
ひと匙の恋心 イラスト カワイチハル

✤川琴ゆい華《かわこと・ゆいか》
恋にいちばん近い島 イラスト 小椋ムク
ふれるだけじゃたりない イラスト スカーレット・ベリ子
恋におちた仕立屋 イラスト 見多ほむろ

✤久我有加《くが・ありか》
キスの温度 イラスト 蔵王大志
光の地図 キスの温度2 イラスト 蔵王大志
長い間 イラスト 山田睦月
春の声 イラスト 藤崎一也
スピードをあげろ イラスト 藤崎一也
何でやねん！ 全2巻 イラスト 山田ユギ
無敵の探偵 イラスト 蔵王大志
落花の雪に踏み迷う イラスト 門地かおり（※定価630円）
わけも知らないで イラスト やしきゆかり
短いゆびきり イラスト 奥田七緒
ありふれた愛の言葉 イラスト 松本 花
明日、恋におちるはず イラスト 一之瀬綾子
あどけない熱 イラスト 樹 要
月も星もない イラスト 金ひかる（※定価630円）
月よ笑ってくれ 月も星もない2 イラスト 金ひかる
恋は甘いかソースの味か イラスト 街子マドカ
それは言わない約束だろう イラスト 桜城やや
どっちにしても俺のもの イラスト 夏目イサク
不実な男 イラスト 富士山ひょうた
簡単で散漫なキス イラスト 高久尚子
恋は愚かというけれど イラスト RURU
君を抱いて昼夜に恋す イラスト 麻々原絵里依
いつかお姫様が イラスト 山中ヒコ
普通ぐらいに愛してる イラスト 橋本あおい
恋で花実は咲くのです イラスト 草間さかえ
青空へ飛べ イラスト 高城たくみ
わがまま天国 イラスト 楢崎ねねこ
青い鳥になりたい イラスト 富士山ひょうた
海より深い愛はどっちだ イラスト 阿部あかね
ポケットに虹のかけら イラスト 陵クミコ
頰にしたたる恋の雨 イラスト 志水ゆき
魚心あれば恋心 イラスト 文月あつよ
思い込んだら命がけ！ イラスト 北別府ニカ
恋するソラマメ イラスト 金ひかる
恋の押し出し イラスト カキネ
におう桜のあだくらべ イラスト 佐々木久美子
君が笑えば世界も笑う イラスト 佐倉ハイジ
もっとずっときっと笑って イラスト 佐倉ハイジ
華の命は今宵まで イラスト 花村イチカ
嘘つきと弱虫 イラスト 木下けい子
幸せならいいじゃない イラスト おおやかずみ
酸いも甘いも恋のうち イラスト 志水ゆき
あの日の君と、今日の僕 イラスト 左京亜也
片恋の病 イラスト イシノアヤ
疾風に恋をする イラスト カワイチハル
恋の二人連れ イラスト 伊東七つ生
恋を半分、もう半分 イラスト 小椋ムク
七日七夜の恋心 イラスト 北沢きょう
愛だ恋だと騒ぐなよ イラスト 七瀬
アイドル始めました イラスト 榊 空也

✤栗城 偲《くりき・しのぶ》
恋愛モジュール イラスト RURU
スイート×リスイート イラスト 金ひかる
君の隣で見えるもの イラスト 藤川桐子
素直じゃないひと イラスト 陵クミコ
ダーリン、アイラブユー イラスト みずかねりょう
いとを繋いだその先に イラスト 伊東七つ生
恋に語るに落ちてゆく イラスト 樹 要
君しか見えない イラスト 木下けい子
家政夫とパパ イラスト Ciel
同居注意報 イラスト 陵クミコ
バイアス恋愛回路 イラスト カゼキショウ
ラブデリカテッセン イラスト カワイチハル
社史編纂室で恋をする イラスト みずかねりょう
塚森専務の恋愛事情 イラスト みずかねりょう

✤木原音瀬《このはら・なりせ》
パラスティック・ソウル 全3巻 イラスト カズアキ
パラスティック・ソウル endless destiny イラスト カズアキ

✤小林典雅《こばやし・てんが》
たとえばこんな恋のはじまり イラスト 秋葉東子
執事と画学生、ときどき令嬢 イラスト 金ひかる
藍苺畑でつかまえて イラスト 夏目イサク
素敵な入れ替わり イラスト 木下けい子
あなたの好きな人について聞かせて イラスト おおやかずみ
デートしようよ イラスト 麻々原絵里依
国民的スターに恋してしまいました イラスト 佐倉ハイジ
国民的スターと熱愛中です イラスト 佐倉ハイジ
武家の初恋 イラスト 松本 花
ロマンス、貸します イラスト 砧 菜々
若葉の戀 イラスト カズアキ
管理人さんの恋人 イラスト 木下けい子
密林の彼 イラスト ウノハナ
可愛いがお仕事です イラスト 羽純ハナ
深窓のオメガ王子と奴隷の王 イラスト 笠井あゆみ

✣彩東あやね《さいとう・あやね》
先輩、恋していいですか イラスト南月ゆう
神さま、どうかロマンスを イラストみずかねりょう
愛を召しあがれ イラスト羽純ハナ

✣沙野風結子《さの・ふゆこ》
兄弟の定理 イラスト笠井あゆみ

✣菅野 彰《すがの・あきら》
眠れない夜の子供 イラスト石原 理
愛がなければやってられない イラストやまかみ梨由
17才 イラスト坂井久仁江
恐怖のダーリン♡ イラスト山田睦月
青春残酷物語 イラスト山田睦月
なんでも屋ナンデモアリ アンダードッグ ①② イラスト麻生 海
小さな君の、腕に抱かれて イラスト木下けい子
レベッカ・ストリート イラスト珂弐之ニカ
泣かない美人 イラスト金ひかる
おまえが望む世界の終わりは イラスト草間さかえ
華客の鳥 イラスト珂弐之ニカ
色悪作家と校正者の不貞 イラスト麻々原絵里依
色悪作家と校正者の貞節 イラスト麻々原絵里依
色悪作家と校正者の純潔 イラスト麻々原絵里依
色悪作家と校正者の多情 イラスト麻々原絵里依
ドリアン・グレイの激しすぎる憂鬱 イラスト麻々原絵里依

✣砂原糖子《すなはら・とうこ》
セブンティーン・ドロップス イラスト佐倉ハイジ
純情アイランド イラスト夏目イサク（※定価651円）
204号室の恋 イラスト藤井咲耶
言ノ葉ノ花 イラスト三池ろむこ
言ノ葉ノ世界 イラスト三池ろむこ
言ノ葉ノ使い イラスト三池ろむこ
恋のはなし イラスト高久尚子
恋のつづき 恋のはなし② イラスト高久尚子
虹色スコール イラスト佐倉ハイジ
15センチメートル未満の恋 イラスト南野ましろ
スリープ イラスト高井戸あけみ
スイーツキングダムの王様 イラスト二宮悦巳
セーフティ・ゲーム イラスト金ひかる
恋惑星へようこそ イラスト南野ましろ
恋愛できない仕事なんです イラスト北上れん
愛になれない仕事なんです イラスト北上れん

恋はドーナツの穴のように イラスト宝井理人
恋じゃないみたい イラスト小鳩めばる
全寮制男子校のお約束事 イラスト夏目イサク
恋煩い イラスト志水ゆき
リバーサイドベイビーズ イラスト雨隠ギド
世界のすべてを君にあげるよ イラスト三池ろむこ
毎日カノン、日日カノン イラスト小椋ムク
心を半分残したままでいる全3巻 イラスト葛西リカコ
青ノ言ノ葉 イラスト三池ろむこ
僕が終わってからの話 イラスト夏乃あゆみ

✣月村 奎《つきむら・けい》
believe in you イラスト佐久間智代
Spring has come! イラスト南野ましろ
step by step イラスト依田沙江美
もうひとつのドア イラスト黒江ノリコ
秋霖高校第二寮 全3巻 イラスト二宮悦巳
エンドレス・ゲーム イラスト金ひかる（※定価683円）
エッグスタンド イラスト二宮悦巳
きみの処方箋 イラスト鈴木有布子
家賃 イラスト松本 花
WISH イラスト橋本あおい
ビター・スイート・レシピ イラスト佐倉ハイジ
秋霖高校第二寮リターンズ 全3巻 イラスト二宮悦巳
レジーデージー イラスト依田沙江美
CHERRY イラスト木下けい子
恋を知る イラスト金ひかる
おとなり イラスト陵クミコ
ブレッド・ウィナー イラスト木下けい子
すき イラスト麻々原絵里依
恋愛☆コンプレックス イラスト陵クミコ
不器用なテレパシー イラスト高星麻子
嫌よ嫌よも好きのうち？ イラスト小椋ムク
teenage blue イラスト宝井理人
50番目のファーストラブ イラスト高久尚子
恋する臆病者 イラスト小椋ムク
すみれびより イラスト草間さかえ
Release イラスト松尾マアタ
遠回りする恋心 イラスト真生るいす
恋は甘くない？ イラスト松尾マアタ
ずっとここできみと イラスト竹美家らら
それは運命の恋だから イラスト橋本あおい
ボナペティ！ イラスト木下けい子
耳から恋に落ちていく イラスト志水ゆき

✣椿姫せいら《つばき・せいら》
この恋、受難につき イラスト猫野まりこ
AVみたいな恋ですが イラスト北沢きょう

✣鳥谷しず《とりたに・しず》
スリーピング・クール・ビューティ イラスト金ひかる
流れ星ふる恋がふる イラスト大槻ミゥ
恋の花ひらくとき イラスト香坂あきほ
恋色ミュージアム イラストみずかねりょう
新世界恋愛革命 イラスト周防佑未
神の庭で恋萌ゆる イラスト宝井さき
その兄弟、恋愛不全 イラストCiel
契約に咲く花は イラスト斑目ヒロ
恋よ、ハレルヤ イラスト佐々木久美子
探偵の処女処方箋 イラスト金ひかる
溺愛スウィートホーム イラスト橋本あおい
お試し花嫁、片恋中 イラスト左京亜也
兄弟ごっこ イラスト麻々原絵里依
紅狐の初恋草子 イラスト笠井あゆみ
捜査官は愛を乞う イラスト小山田あみ
捜査官は愛を知る イラスト小山田あみ

✣名倉和希《なくら・わき》
はじまりは窓でした。 イラスト阿部あかね
耳たぶに愛 イラスト佐々木久美子
戸籍係の王子様 イラスト高城たくみ
夜をひとりじめ イラスト富士山ひょうた
ハッピーボウルで会いましょう イラスト夏目イサク
神さま、お願い～恋する狐の十年愛～ イラスト陵クミコ
愛の一筆書き イラスト金ひかる
手をつないでキスをして イラストCiel
恋の魔法をかけましょう イラストみずかねりょう
恋のプールが満ちるとき イラスト街子マドカ
純情秘書の恋する気持ち イラスト佳門サエコ
恋する猫耳 イラスト鷹丘モトナリ
竜は将軍に愛でられる イラスト黒田 屑
王子は黒竜に愛を捧げる イラスト黒田 屑

✣凪良ゆう《なぎら・ゆう》
ニアリーイコール イラスト二宮悦巳

✣間之あまの《まの・あまの》
ランチの王子様 イラスト小椋ムク
溺愛モラトリアム イラスト小椋ムク

✣宮緒 葵《みやお・あおい》
奈落の底で待っていて イラスト笠井あゆみ
鳥籠の扉は閉じた イラスト立石 涼

✣渡海奈穂《わたるみ・なほ》
甘えたがりで意地っ張り イラスト三池ろむこ
ロマンチストなろくでなし イラスト夏乃あゆみ
神さまと一緒 イラスト窪スミコ
マイ・フェア・ダンディ イラスト前田とも
夢は廃墟をかけめぐる☆ イラスト依田沙江美
恋になるなら イラスト富士山ひょうた
さらってよ イラスト麻々原絵里依
正しい恋の悩み方 イラスト佐々木久美子
手を伸ばして目を閉じないで イラスト松本ミーコハウス
ゆっくりまっすぐ近くにおいで イラスト金ひかる
兄弟の事情 イラスト阿部あかね
恋人の事情 兄弟の事情2 イラスト阿部あかね
未熟な誘惑 イラスト二宮悦巳
たまには恋でも イラスト佐倉ハイジ
カクゴはいいか イラスト三池ろむこ
夢じゃないみたい イラストカキネ
その親友と、恋人と。 イラスト北上れん
恋でクラクラ イラスト小鳩めばる
いばらの王子さま イラストせのおあき
厄介と可愛げ イラスト橋本あおい
絡まる恋の空回り イラスト斑目ヒロ
運命かもしれない恋 イラスト草間さかえ
ご主人様とは呼びたくない イラスト栖山トリ子
俺のこと好きなくせに イラスト金ひかる
さよなら恋にならない日 イラストみずかねりょう
かわいくしててね イラスト三池ろむこ
恋はまさかでやってくる イラスト佳門サエコ
完璧な恋の話 イラスト梨とりこ